繼母的拖油瓶是我的前女友 4

初吻宣戰

Kadokawa Fantastic Novels

「這不是水斗表弟嗎～！好久不見──！」
「好久不見，圓香表姊。」
伊理戶水斗
Mizuto Irido
結女的前男友兼繼兄弟。不知道為什麼很聽圓香的話……？
水斗
種里圓香
Madoka Tanesato
外表清純的親戚大姊姊，其實骨子裡是個超級陽光系。
圓香

「（這男的，怎麼都沒有甩開她啊……！）」
伊理戶結女
Yume Irido
升上高中時成功轉型為美少女優等生。水斗的前女友兼繼姊妹。
種里竹真
Chikuma Tanesato
圓香的弟弟。個性極度怕生，一直以來總是躲在姊姊的背後。

那時候你也是這樣，在這無人經過的神社，形單影隻。
可是，就只有那一年……你，打給了我。
「你——」
我用兩年前做不到的方式，輕聲笑了一下。
「——那時是真的很喜歡我，對吧？」

繼母的拖油瓶是我的前女友 4

初吻宣戰

紙城境介

插畫／たかやKi

Kadokawa Fantastic Novels

目錄 Contents

008 未來情侶的日常快照
入夜的電話

020 前情侶想尋求刺激
「不准說我帥。」

060 前女友搜羅情資
「同居第三年的情侶……？」

090 前情侶回鄉下①
西伯利亞的舞姬

138 前情侶回鄉下②
黃昏的結束

177 青梅竹馬去游泳池
「掩飾得不錯嘛。」

211 前情侶回鄉下③
名為初戀的傷痕

271 前情侶回鄉下④
初吻宣戰

---

342 後記

「……唉——……」

那是在國二暑假發生的事。

我吃過晚餐回到自己的房間，躺到床上嘆了一口氣。

腦中回想的，是幾天前才剛經驗過的，這輩子的第一次約會。

那時我穿上了浴衣，跟伊理戶同學去了祭典。

說起來很簡單，但我一點真實感都沒有。

因為，因為，從我們真正開始有話聊到現在，也才十天左右而已。

這麼快就要約會逛祭典，我的人生是怎麼了？連莊嗎？這就是所謂的連莊嗎？

而且，而且——

「……唔呼呼……」

埋在枕頭裡的嘴巴，漏出連我自己都覺得噁心的笑聲。

伊理戶同學找到了不但迷路，還對著手機講喪氣話的我。

我滿腦子負面思想，覺得他一定會討厭這樣的我，然而他卻說「盡量給我添麻煩沒關係」。

唉～…………好喜歡他喔！

好喜歡，好喜歡，好喜歡！好喜歡他～～～～！

我在床上不停擺動雙腳。

原來一個人，可以在這麼短的期間內，就變成這樣。

分明不久之前我還有點把他當成勁敵，甚至懷有敵意的說。

現在我一想到伊理戶同學，就會心跳加速，心情輕飄飄的，做什麼都無法專心。

好想快點見到他……好想跟他說話。

記得應該是只到明天。

他說過到明天都有事，不能去圖書室。

所以只要等到後天，就能再見到他了……

我把臉頰貼在枕頭上，眼睛看到了放在枕邊的智慧手機。

……啊，對喔。

我們已經交換過手機號碼了，所以想講話隨時都可以講……

沒……沒關係嗎？不會給他添麻煩吧？

已經這麼晚了……他會不會嫌我煩？

不、不會，應該沒關係……我祭典約會時做出的事，比這個煩人多了。那次他都原諒我了，現在只不過是晚上打個電話……

我一邊猶豫，一邊伸手去拿手機。

剛剛好就在這一瞬間。

手指碰都還沒碰到的手機，響起了來電鈴聲。

「哇！」

響起的是還沒改過任何設定，原廠的來電鈴聲。

我急忙抓起手機，看看是誰打來的。

「伊……伊理戶同學……！」

為、為什麼為什麼為什麼！心電感應嗎！

在我想跟他說話的時候，他竟然主動打來……！

連、連莊……絕對是連莊……我進入老天爺會實現我任何心願的模式了……真怕將來要付出慘痛的代價……

總之，我得接電話……！再慢吞吞的他就要掛斷了！

「喂！……是我～……」

我一時太激動，第一聲喊得太大聲了。

但一調整聲量，又變得有點像是嚇人起床。

我還是一樣，嗓門的音量調節功能徹底故障……廢到爆……！

『……喂？』

伊理戶同學的聲音，聽起來音質不是很好。是不是收訊不良？

『現在……方便說話嗎？』

「方、方便……！我完全沒事！閒得很！」

好像有點主張過度了。冷靜點！

為了掩飾緊張的心情，我接續話題：

「怎、怎麼了？是、是不是有事，找我……？」

『沒有……沒什麼特別的事。』

「啊，這樣喔……？」

『嗯……只是有點，想跟綾井說說話。』

「欸嗚！」

心臟跳得太劇烈，害我發出了怪叫。

跟我、我、跟我、跟我、跟我說話？咦，什麼意思？什麼意思？

「那……那個……我也是……」

不要這麼孬，油門踩下去就對了！

「我也……正好想跟，伊理戶同學，說話。」

說、說出口了——！真棒！我真棒！

『這樣啊……那還真剛好。』

「就、就是啊！……嘿嘿……」

伊理戶同學的聲音與呼吸，從耳畔傳來。

明明是晚上，明明是在自己家裡。

這麼幸福的事情，真的可以發生在我身上嗎……？

後來，我們漫無邊際地聊了一下。

聊到最近看的書，以及圖書室的新書資訊。我們倆都是朋友圈很小的人，只能聊小說話題，但仍然不怕沒話聊。

「我還是覺得啊，以奇特詭計取勝的時代已經結束了。」

『對啊。現在的推理小說硬要說的話，感覺比較像是以理論的巧妙與否取勝。特殊設定的作品越來越多也證明了這點——』

這時，我彷彿聽見遠處傳來樹木搖動的沙沙聲。

我不假思索地望向窗外。但這裡是公寓，根本看不到樹。

「外面風是不是很大？」

『嗯？喔——有一點。』

伊理戶同學的回答，讓我覺得有點怪怪的，但很快就沒有多餘心情去追究了。

「結女——？還沒睡嗎——？我進去嘍——！」

「呀啊！嗚哇哇！」

因為門喀嚓一聲打開，媽媽進來房間了。

我急忙鑽進被窩，把手機抱到胸前藏好。

「什、什、什、什麼事？」

「我來清垃圾桶了——」

「好、好歹敲一下門吧……！」

「咦咦——？妳以前都沒有這樣要求啊。難道是到了叛逆期？」

好、好險……！

要是被媽媽知道我這麼晚了在跟男生講電話，她會挖苦我一輩子！

媽媽把垃圾桶裡的垃圾，一股腦地倒進一路拖過來的垃圾袋。本來以為她倒完就會立刻離開……

「啊——真是。衛生紙掉在這種地方……」

媽媽一邊說，一邊伸手到桌子底下撿起揉成一團的衛生紙。

在我還在跟伊理戶同學通電話的這個狀態下。

「不是跟妳說過要丟進垃圾桶了嗎？一定是躺在床上打混，懶得動就用丟的吧——明明控球技術就很爛——」

「哇——！哇啊啊啊啊——！」

妳、妳怎麼可以說這種話啦！要是被伊理戶同學聽見怎麼辦！

我把手機放在被窩裡，從床上跳下來。

「我才沒有在打混！那團衛生紙只是碰巧掉在地上——」

「咦——？結女妳明明就還滿懶散的不是嗎？上次也是，廁所裡護——」

「妳很煩耶——！沒事就趕快出去啦——！」

「啊——叛逆期！結女妳終於到叛逆期了，對吧！」

聽到媽媽開始講一些真的太離譜的事情，我把她轟出房間。

然後我回到被窩裡，戰戰兢兢地，把還維持在通話狀態的手機放到耳邊。

「不……不好意思……剛才我媽媽過來……」

『不會，不要緊。』

「……你有聽到，我們說什麼嗎……？」

要是被聽到了，我可能真的會再也振作不起來。

我一直都很喜歡媽媽，但也許從今天起就要討厭她了。也許要宣布重度叛逆期正式到來了。

我做好如此悲壯的決心等他回答，結果……

『沒有……我什麼都沒聽見。』

「這……這樣啊……」

太好了……

——但我的安心只維持了短暫時間。

『……不過剛開始，我一直聽到妳的心跳。』

「咦？」

我回想了一下自己的行為。

對，我記得——

——我急忙鑽進被窩，把手機抱到胸前藏好。

——把手機抱到胸前。

——抱到胸前。

我一直……把手機的麥克風，按在心臟上……？

一直把我的心跳……實況轉播給伊理戶同學聽……？

「啊，啊嗚……嗚嗚啊，啊啊啊啊——」

『沒、沒關係沒關係！我不覺得有怎樣！應該說抱歉我不該偷聽！』

「不……不會覺得，很討厭嗎……？」

『該怎麼說呢……會讓我覺得，綾井活得好好的……是**真實存在**的一個人……這讓我覺得，很放心……嗚哇，被我講得有點噁爛。抱歉！』

「嗚……唔嗚～……！」

好、好害羞……！

原來心跳被人聽見，是這麼害羞的一件事……？跟裸體或內衣褲被人看到不太一樣，就好像更深的部分被人偷窺了……！

「我、我……會不會有點怪……？」

『沒有啊……硬要說的話，只覺得心跳好像有點快。』

「唔啊啊啊～～」

『在那種狀況下算正常啦！正常！』

啊～他還安慰我～！好溫柔～！最喜歡他了～！

『……妳已經很努力了，綾井。要有自信。』

嗚欸啊啊！

他突然用呢喃般的聲量這樣對我說，害得我受寵若驚，連整個頭都鑽進被窩裡。

在一片黑暗當中，只隔著手機傾聽伊理戶同學的呼吸聲。

聽著聽著，話語自然地脫口而出：

「你可以……再說一遍嗎？」

『妳很努力了。』

「嗯。」

『妳很棒。』

「嗯，嗯。」

『還有——怎麼好像越講越像奇怪的音訊影片了。』

「嘻嘻。」

我不禁小聲笑了出來，伊理戶同學也在手機另一頭小聲地笑了。

雖然伊理戶同學人不在這裡……也看不到他的臉……但我感覺，我們的心靈是相通的。

『綾井。』

他忽然叫了我的名字。

「嗯？怎麼了？」

『……沒有……』

語氣聽起來有點遲疑。

『其實，我手機快沒電了。』

「啊，這樣啊……」

看來美夢般的時間，已經要結束了。

雖然依依不捨，但我不想做出耍賴糾纏的行為。

「伊理戶同學，我會加油的……你願意再找我說話嗎？」

『當然，我會的。我想我後天，應該就能再去圖書室了。』

「嗯，我等你，我等你喔。」

『那就……』

「嗯……那就……」

『……改天見。』

「改天見喔。」

過了幾秒有所留戀的沉默後，電話掛斷了。

我在被窩裡出神地看著發光的手機螢幕。

通話時間，43分45秒。

8月12日，晚上7點59分。

我從被窩裡露出臉來，仰望著天花板呼一口氣。

真希望後天能早點到來。

這種想法，比四十三分鐘之前更強烈了。

……其實他可以一邊充電，一邊跟我講電話的啊。

「欸，水斗同學。這本書的書籤怎麼不見了？」

下午，我正待在客廳悠哉地看書。

結女找我講話，我不情願地從書本中抬起頭來。結女說著「這本書」把上次我跟這女人借的書拿給我看……書籤？

「喔……對喔，好像有。大概在我桌上的哪個地方吧。」

「什麼——？在你那張亂七八糟的桌上？為什麼沒有好好夾在書裡？」

「抱歉，因為我沒用到。晚點我去找來還妳就——」

「現在就拿來給我！反正你等會就忘了！」

「嗄啊——？很麻煩耶……」

「嗄？還不得怪你跟人家借了東西卻沒有收好？」

「啊——好啦好啦。」

我邊嘆氣邊從沙發上站起來。對啦妳說得對，知道了知道了。

我本來想趕快找到東西再回來看書，但走出客廳之前，我發現有兩道視線對著我們。

視線來自難得兩人都放假的老爸與由仁阿姨。

兩人坐在餐桌旁，一副憋笑的表情。

「怎……怎麼了？」

同樣察覺到視線的結女一問，由仁阿姨噗哧一聲笑了笑。

「沒有啦，只是，因為……對不對？」

「嗯，是啊。我懂我懂。」

老爸也吃吃笑著，肩膀微微晃了晃。

我與結女都丈二金剛摸不著頭腦，只能偏頭不解。剛才那個場面，有哪裡奇怪了嗎……？

由仁阿姨還在輕聲笑著，對我們說：

「只是你們倆剛才——有點像是倦怠期的情侶啦。」

「「——！」」

倦怠期。

基本上，我算是有聽說過關於此一名詞的知識。

亦即剛開始交往的男女，習慣了彼此的相處，關係變得一成不變，或是開始放大對方缺點的時期。

視情況甚至可能直接分手，堪稱情侶或夫妻的危險敵人——

「真是想都沒想到。」

結女把自己的靠墊用力按在地板上，如此說了。

這裡是結女的房間。

為了因應這場意外狀況，我們召開了緊急對策會議。

「本來以為漸漸適應了這種生活，不會再出包了……沒想到習慣成自然，反而帶來了壞影響……」

「倦怠期……仔細想想，這可是真正情侶最會發生的一種現象。就算有人假裝熱戀中的情侶，也不會連倦怠期都演出來吧。」

「我們明明早就分手了！」

「是沒錯，但問題在於看起來像是那樣。」

當然，我想老爸他們也不是說認真的——我認為他們並沒有察覺我們以前曾經是一對。

只是，經過長達四個月的共同生活，不能否認緊張感確實鬆懈了不少。

剛才的狀況也是，其實並不能說是「處得來的繼兄弟姊妹」的對話——確實就像是倦怠期的情侶，或者是真正兄弟姊妹的對話。

老爸他們也可能會覺得以一對認識不久的人來說，適應得太快了點。

「得回想起初衷才行……」

結女一臉滿肚子苦水的表情，對我說了。

「我們要取回四個月前——剛開始共同生活時的緊張感。」

「也是，先不論老爸他們的目光，妳最近是太鬆散了。又是晚上打手機給我打得跟真的一樣，又是穿得隨隨便便就到客廳來。」

「我、我哪有隨隨便便！只是夏天穿涼快一點而已啊！」

結女緊緊抱住靠墊遮起自己的身體，拖著屁股往後退。

結女此時穿著大尺碼襯衫搭配較短的褲裙，可能是怕熱吧，襪子不是平常的膝上襪而是長襪。

明明在外面死都不肯露腿，現在卻露出了半條大腿，襯衫也因為尺碼較大的關係，稍微彎個腰就會讓衣領寬鬆地下垂，使得胸口若隱若現。我沒偷看就是了。我說沒偷看就是沒偷看。

而且，她還戴著眼鏡。

平常大概都戴隱形眼鏡吧，但到了暑假比較少出門，可能嫌麻煩就變得常常戴眼鏡過日子——這麼一來，就害我不免回想起國中時的事情，相當有礙精神健康。

「……你眼神好色。」

眼鏡鏡片底下半睜的眼睛，冷眼瞪了過來。我實在很想說她一邊講這種話，一邊卻又把膝蓋抬起讓我看到大腿，難道是故意的嗎？但我硬是忍住，把眼睛別向一旁。

「……總之，四個月前的妳絕對不會在我面前穿得這麼缺乏戒心。說得好聽點是拋開了國中時期的心情……」

「好啦知道了啦，囉哩囉唆的！總之只要克服倦怠期就行了吧，克服就是了！」

「就跟妳說我們沒在交往，所以不是倦怠期了……不，等等，也許可以當成典型例子？」

「典型例子？」

「我的意思是也許可以應用情侶克服倦怠期的方法，讓我們取回緊張感。」

「喔，原來如此……也是喔，不然根本不曉得該怎麼做……」

結女用拇指按住柔軟的下唇，沉吟著說了。

「可是……那要怎麼做，才能克服倦怠期？」

「……………………」

「怎麼不說話了？」

「沒有……只是想到我們就是因為沒成功，才會分手。」

「…………的確…………」

我們正好符合了「放大對方缺點」的典型。

當時的我們沒想到這個名稱，但從去年夏季開始的半年期間，大概就是我們的倦怠期了。

只是那段期間實在什麼都沒發生，沒得回想就是了。

「既然這樣，只能仰賴前人的智慧了。」

「前人的智慧？」

「又叫網路。」

「……妳該不會每次跟我有什麼狀況，就想上網查知識解決吧？」

「我……我哪有啊！」

目光在游移。難怪她有時會對我做出些奇怪的舉動。

結女迫不及待地拿起手機，語音輸入「倦怠期怎麼辦」進行搜尋。儘管這麼做既可恥又不光彩，但事實上我們現在也沒其他人能依靠了。

「我看看……」

結女手指連連輕觸螢幕，眼睛上下移動。

「怎麼樣？」

「……『倦怠期如果來得早，交往後大約三個月就會來臨』。」

……那反而是我們感情最好的時期。

「『想克服倦怠期，重點在於重新審視對另一半的愛』——上面是這麼寫的。」

她隔著眼鏡偷瞄我一眼。妳想聽到我說什麼啊？

「廢話少說。快講具體的辦法，講重點。」

「立刻就想講結論。我以前就是討厭你這點。」

「哦！這不就重新審視成功了嗎？所以我們脫離倦怠期嘍？」

「正在從倦怠期順利進化為厭惡期啦。」

「我看看——」結女眼睛重新回到手機上，說：

「克服倦怠期的方法——一個有效的辦法是，規劃一個平常不會去的約會地點。」

我們沉默了好一會兒。

……約會。

為了讓老爸他們不把我們錯當成情侶，竟然得做情侶才會做的事，真是弔詭。

「……怎麼辦？」

結女抱緊靠墊，把腿放下來變成人魚公主式的坐姿，微微偏頭注視著我。

「……要嗎？約會……」

我是比較希望她能一笑置之。

……就說了吧，最近真的很鬆散。

「…………就算要去好了，妳說能去哪裡？有什麼地方是我們平常不會去的？」

「書店或是圖書館以外的地方？……啊，不對，國中的時候才是這樣。」

的確我們念國中時成天只往書店或圖書館跑，但自從住在一起以來，就不常一起去這些地方了。

應該說，假如把思考角度放在剔除平常會去的地方——

「……只要不是家裡或學校應該都行吧？」

「……有道理。」

的確，可以說我們就是因為住在一起又念同一所學校，態度才會鬆散到被人說成倦怠期的情侶。

既然如此，換個環境或許是個不錯的方法。

「嗯——……原來如此，原來如此——……」

結女一邊喃喃自語，一邊滑了一會兒的手機。什麼事情原來如此？

「……既然這樣，或許正好是個機會。」

「什麼機會？」

「只要不是家裡或學校就行了吧？我正好有個東西要買，你就陪我跑一趟吧。」

「有東西要買……？」

而且不是書？現在買夏日服裝又太慢了……

結女把下巴擺到抱著的靠墊上，好像在挖苦我似的歪唇邪笑了。

「我要買、泳、裝。」

「我去一下書店。」

「好——小心不要中暑啊——」

「路上小心——」

我的一派謊言，絲毫沒有引起老爸與由仁阿姨的疑心。每次出門都去同樣的地方，遇到這種情況時特別方便。

我走出玄關，在家門前走了一小段路，然後在彎過第一個轉角後駐足。

熱死了……

我從電線杆的陰影中，仰望蟬聲唧唧的夏日晴空。悶熱得有如三溫暖的天氣，宛如步步進逼般逐漸提升我的體溫。沒走兩步我就想回冷氣房了。

那女的說要換衣服叫我先出門，該不會是想讓我中暑身亡吧？

「久等了。還活著嗎？」

就在我開始如此懷疑時，結女忽然從轉角後方探出了頭來。

我心想八成又是平常那套名媛造型，一看她的模樣，腦袋不禁混亂了一瞬間。

因為我一時沒能認出是她。

結女今天的穿搭，用一句話形容就是充滿青春活力。上半身是白襯衫，下半身是單寧藍短褲。雙腿套著黑色膝上襪。

令我驚訝的是它的清涼度。上半身的襯衫袖子只到肩膀，衣領也開得很大，能夠窺見鎖骨的一端。短褲與膝上襪之間的大腿外露，襪口的鬆緊帶稍稍陷入肌膚中。

但對我來說最為危險的，是脖子以上的部位。

可能是用來遮陽的，她頭上戴著圓頂帽，長到看了就煩的黑髮綁成兩束垂在肩膀前面。

光是這樣就勾起了我的某些回憶。不過更糟糕的是眼睛。

剛才在家裡戴著的眼鏡，竟然就這樣戴出門來。

「哼哼哼！」

結女看著我的臉，像小孩子惡作劇成功一樣微微搖晃肩膀。

「克服倦怠期的方法二……」

我不悅地皺起一張臉。

果然是故意的。

垂在肩膀上的雙低馬尾，配上眼鏡——完全就是國中時期的綾井結女。

只是給人的印象，可以說恰恰相反。

「哎，要是被熟人看到可能會很麻煩嘛，就當作是喬裝吧……啊，對了。這給你。」

說著，結女拿了頂像是棒球帽的藍色帽子給我。嗯？

「你自從期中考拿了榜首，在學校就慢慢變成名人了。戴上這個就不容易被認出來了，對吧？」

「……搞得像藝人一樣。」

「不怕暑假收假後被人謠傳我們在約會，就不要戴沒關係啊？」

「……嗯嗯……」

「再說……」

我還沒答應，結女已經輕快地把帽子戴到了我頭上。

「今天太陽很大。你要是中暑我就麻煩了。」

隔著帽檐看到的臉，一點也不像那個只會跟在我後頭踱步的綾井結女。

不知是因為長高了，抑或是穿搭塑造的氣質不同。

也可能是——精神層面的成長呈現出這種感覺。

只不過，我仍然無意做妳的弟弟就是了。

「…………知道了啦。」

「很好。」

我把帽子壓低。

接著我以為可以出發了，但在那之前，結女鬼鬼祟祟地頻頻偷看我。

「幹麼，還有事嗎？」

「嗯，算是吧，就是——……就剩最後一個了……」

結女怯怯地，從斜背包裡拿出那件東西。

一副眼鏡。

結女一邊央求般地抬眼注視我，一邊打開眼鏡的鏡腳想往我臉上掛。

「就當作是喬裝……我也有戴嘛……你就把這個也……」

「不要。」

「為什麼嘛——！會很帥耶！」

不准說我帥。

我實在無法頂著大太陽走上幾十分鐘，於是選擇搭公車前往百貨公司。

雖然家裡附近就有一家購物中心，但那裡算是「平常會去的地點」所以稍作迴避——這趟外出的最終目的是取回過去的緊張感。要是忘記了這點，就變成純粹只是我陪她出來買東西。

「妳說要買泳裝，有打算去海邊嗎？」

一踏進百貨公司大門，擁抱全身的冷氣讓我鬆了口氣，對結女說道。

結女一邊用手帕擦脖子一邊說：

「沒有啊？本來以為曉月同學可能會有計畫，但她說不想被搭訕所以不去。不過也是啦，海邊太遠了。」

「……是喔。」

「這下你放心了吧，戀姊控？」

結女一下子把腦袋探到我的胸前，由下往上窺探我的表情。

我表情文風不動，但結女照樣輕聲笑著挖苦我。

感覺今天好像一直被她吃得死死的。我得小心點。

「既然這樣，幹麼買什麼泳裝？」

我重新提問以掌握主導權，結女望向櫥窗說：

「還問我為什麼，是峰秋叔叔叫我買的啊，說是回去祭祖可能會用到。」

「老爸說的？祭祖——喔，不是海邊是河邊啊。」

我們預定在盂蘭盆節時，回老爸的鄉下老家探親。

我們現在住的房子，是在我出生前就過世了的祖父留下來的。所以老爸出生長大都是在這邊，但祖母（依然健在）另有老家，我們每年到了盂蘭盆節，都會按照習慣回那個老家探親。

特別是今年多了兩個家人——更不能不去露臉。

我那位祖母的老家是「標準的鄉下地方」，唯一的娛樂活動就是到河邊玩水，堪稱現代的山野祕境。不過我從小回去那裡，都只會瀏覽外曾祖父的藏書打發時間就是了——可以說這就是我成為濫讀派的主要原因。

既然是為此選購泳裝，那我就明白她為什麼不約東頭或南同學，而是找我陪她來買了。

只有她一個人需要泳裝，可能會不好意思約朋友。

「正值青春年華的女高中生竟然為了到河邊玩水買新泳裝？真是淒涼到令人掬一把辛酸

淚啊。」

「又不會怎樣，河邊也很棒啊。感覺應該比人擠人的海水浴場好玩多了。」

「好吧，或許是吧。但既然只有家人會看，穿去年穿過的不就夠了？」

「……你這是在酸我嗎？」

「嗄？」

結女半睜著眼瞪我，用一隻手臂護住腹部。

「你是明明知道我去年的體型，還故意這麼說的吧？」

「……啊。」

我不假思索地，真的沒多想，視線就滑向了結女的胸脯。

如今明顯地頂起白襯衫的雙峰，在一年前還是一片平坦。不，記得應該是在升上國三時才迎接遲來的成長期，所以去年的這個時期或許已經滿有料的——但我們在暑假前吵過架，使我沒機會做確認——……

「……看夠了沒啊。」

結女用雙臂遮住胸部，從我面前退開了一步。

「怎麼？你今天發情期到了？不會有事吧？我等一下要挑泳裝試穿耶，你不會伸出狼爪吧？」

「會才怪。我要是真的那樣用下半身思考，東頭早就慘了。」

「……雖然很不甘心，但你駁倒我了……」

這還是我頭一次感謝東頭是個毫無戒心的傢伙。

結女縮短剛才拉開的距離，說：

「但你還是得克制點，不要一直那樣看我。我今天可不是來給你福利的。」

「嗄？妳以為這能構成福利？自己穿泳裝的模樣？天啊——小姐妳也太有自信了吧，我都尊敬起妳來了～」

「氣～～～～～～～～～～～～～～死人了！」

我一邊被她狠踹小腿，一邊來到泳裝賣場。

放在最顯眼位置的模特兒假人，穿著可能只適合穿去巴西海灘等地方的大膽比基尼。我是覺得這個連夏天都要穿膝上襪的保守派，不可能去穿這種款式……

「……抱歉打擾你的熱情目光，但我得講一下……那件我沒辦法喔？真的不行喔？屁股幾乎都露出來了喔？」

「我知道啦。誰會讓妳去穿這種的啊，也不知道會有誰看到……」

「…………所以沒有別人在的地方就可以？」

「……我又沒有這樣說。」

「哦——……」

「幹麼用這種意味深長的眼神看我？」

「沒有啊。只是想起好像有個人曾經對女朋友唯一一件能看的迷你裙提出過抗議。」

…………妳怎麼還記得啊。

「好啦——那就來挑件不會引發某某人噁爛獨占欲的普通泳裝吧。」

「氣〰〰〰〰〰〰〰死人了…………」

就在我心裡悶燒著近乎殺意的情感，踏進店裡的下一瞬間……

「兩位有要找什麼樣的款式嗎——？」

服飾店的店員出現了！

一位女店員臉上掛著過分完美到一腳踏進恐怖谷的微笑，發出近乎超音波的高分貝過來招呼我們。

當然，這位店員只是想做好她的工作，但看在我眼裡根本是電玩迷宮裡的怪物。不是戰鬥就是逃跑，二選一。

就在我即將把游標移向「逃跑」的半秒鐘前，有個女人英勇地往怪物踏出了一步。

「不好意思，我想看看泳裝……」

「泳裝是吧？想挑比基尼？還是連身款呢？」

「啊，先看連身款……不要太暴露的比較好。」

結女一邊說，一邊往我瞄了一眼。

霎時間，女店員很快地掃視了一遍我與結女，臉上的微笑頓時變得更加燦爛。

「比基尼也有裙式的，不會顯得太暴露喔？妳男朋友一定也會很放心的！」

「咦……」

咦……

「那、那個……他、他不是我男……！」

「那我去幫小姐找一些款式，請問三圍是多少呢——？」

「咦！啊，三、三圍？」

結女有點臉紅，視線在我與店員之間轉來轉去，然後湊到店員耳邊，小聲呢喃了幾句話。

店員不住點頭，說：

「好的！請等我一下——！」

然後就迅速消失在店內後方了。

結女伸手緊緊按住漲紅的耳朵，長嘆一口氣。

「講、講那麼奇怪的話，害我一下子都亂了……」

「原來妳不怕這種的啊。我還以為妳一定不擅長應付咧。」

「不擅長啊。是不擅長，但是克服了……雖然某某人完～全沒在花心思，但女生就沒辦法那樣偷懶了。」

這使我不由得回想起，初次看到這女人穿便服時的情形。

分明原本連怎麼交朋友都不知道，初次看到的便服打扮，卻像樣得令我吃驚……這也就是說，她在我不知情的時候，已經做過了一番努力。

不過事到如今，這些都已經與我無關——

「——欸！看到了嗎！看到了嗎！」

「看到了看到了！超可愛的——！酸酸甜甜的高中生情侶——！」

「…………」

「…………」

拜託在比較不會被我們聽見的地方講好嗎，店員？

我們氣氛變得很尷尬，只好看看掛在架子上的泳裝，或是看看經過走道的人潮，沒過多久，剛才那位女店員回來了。

「兩位久等了——！我挑了一些妳可能會喜歡的款式！大小不合的話請不用客氣，儘管跟我說！啊，試穿時內褲請勿脫掉喔！」

女店員邊說邊把一件泳裝拿給結女，不知為何對我拋來一個別有含意的眼神，就回去櫃台了。對我使這種「要加油喔」的眼神是什麼意思？

「呃——……那我去試穿一下……」

結女手拿泳裝轉向試衣間，回頭瞄了我一眼。

「……要不要看？」

不是，怎麼叫我看啊。

「這種的自己照鏡子做判斷啦。」

「我、我是第一次自己買泳裝，想聽聽別人的意見嘛！」

「問了我的喜好，妳就會照我的喜好穿嗎？」

「這……當、當然是選相反的款式嘍，相反的。選你應該不會喜歡的泳裝。」

原來如此。那我就放心了。

「……好吧，總比一個人被拋在這家店裡好。」

「是吧？沒有什麼地方比這裡更不適合你了。」

「托妳的福。」

我們移動到試衣間那邊，結女躲進布簾裡，我在門口的椅凳坐下。

泳裝啊……念國中時有游泳課，但高中就連游泳池都沒有。所以，我本來以為今後再也

不會看到這女的穿泳裝……

咻……啪沙。滋滋——

布簾內側傳出衣物摩擦與掉在地板上的聲音，連拉下拉鍊的聲音都生動地傳來。在這種只隔著一塊薄布簾的地方，真虧她敢脫衣服——更何況我就在旁邊。

所幸至今還沒發生過任何一次「撞見結女正在換衣服」這種好像很容易發生的狀況。不過正確來說，有撞見過她洗完澡出來就是了——

當時不慎目睹到的白皙肉感曲線在腦海裡浮現，我立刻將它消除掉。

我是國中生嗎？

都已經同住四個月了——不准為了這點小事心神不寧。

我正在摒除雜念時，發現衣物摩擦聲消失了。

過了十幾秒後，布簾拉開一條小縫，結女只露出臉來——眼鏡依然戴著。

「怎麼了？」

「沒有，只是……旁、旁邊有沒有別人？」

結女東張西望。可以聽見店外的喧囂，但周圍除了我們以外沒有別人。頂多只會感覺到店員從櫃台那裡看著我們。但從角度來說，同樣不可能看到試衣間裡面。

「沒人。是說妳買這泳裝，不就是要穿出去嗎？連試穿都害羞，以後怎麼辦？」

「要、要你管！我從來沒有穿得這麼暴露過嘛……應該說仔細想想，這樣好像跟只穿內衣褲沒兩樣……」

「妳越是拖拖拉拉，被人看到的可能性就越高喔。」

「不要催我啦！你就這麼想看嗎！」

「我屬於不喜歡的事情早點做完的類型。」

「你……！看了包準讓你笑不出來！」

唰！布簾被猛力拉開。

首先，我看見了純白的裙子，以及底下伸出的白皙大腿。

視線往上移動到只有一半映入視野的小腹，就看到細得讓人擔心的腰肢中心，有著一顆小肚臍眼。

眼睛繼續往上，看到的是印有花朵圖案的白布。兩條低馬尾沿著身材細瘦卻格外飽滿的雙峰垂落，在肋骨位置形成陰影。

最後，我看到了抿起嘴唇，像在忍耐什麼似的臉龐。

熟悉的眼鏡，與視野下方只看到一半的胸溝相互牴觸，讓我感覺眼前一陣閃爍暈眩。

「……怎麼樣？」

結女忸怩地磨蹭一雙大腿，透過眼鏡朝我望過來。

那令人懷念的面龐，與只受到最少布料覆蓋的體型，在我的心中產生矛盾。
綾井以前明明再怎麼說客套話，也算不上是身材姣好的類型。就連接吻或相擁而有些亢奮的時候，我都沒想過要摸她的胸部或屁股。然而現在卻……這……豈有此理……！
「……呃——……嗯……」
我花了好幾秒，才讓腦袋想出一句人話。
「……應該還不錯吧。大概。」
「不……不可以用這種話應付我。要稱讚得再認真一點。」
「還能怎麼認真啊……」
只見結女開始翻找放在試衣間牆邊的包包，然後拿出智慧手機，用螢幕對著我的臉。
「克服倦怠期的方法三。找出對方的優點並給予讚美。」
「唔……！」
難道妳連這都算計好了嗎！
我要是拒絕這麼做，等於是在否定這趟外出的意義。難怪她突然要我陪她買東西，原來是想用這種方式羞辱我……！
結女得意洋洋地露出一絲笑意。
「你怎麼啦？快找話稱讚我呀，水斗同學。」

我重新端詳身穿白色比基尼的結女。

從小裙子底下伸出的雙腿，既纖細又修長。沒有半點贅肉，而且雪白到讓人懷疑毛孔的存在，可以想像世上一定有很多女生羨慕這雙腿。

經過與這雙腿形成三角形的臀部曲線，接著是緊緻的腰肢。女生的腰怎麼可以細到這種地步？腰圍應該跟國中時期相差無幾，但上方胸部與下方臀部形成的對比，讓腰部看起來細到像是能用手折斷。

而跟國中時期最大的不同之處，在於胸部。

也許泳裝就是有這樣的效果，或者是她本身屬於穿衣服顯瘦的類型，胸部看起來比平常更大。胸部形成了明顯的深谷，使得髮絲就像是兩道流泉……念國中時我們只要相擁，彼此的身體就會緊密貼合，然而現在如果再做一樣的事，腹部位置可能會形成一塊空隙……

從頭到腳，無論稱讚哪裡都只會變成性騷擾。

我努力將自我主張強烈的胸部、小蠻腰與細長的雙腿驅離意識之外，尋找不會出錯的答案。外觀……那我就稱讚外觀以外的部分……！

「很……」

我苦惱了半天，總算擠出了一句話。

「……很關心家人……之類的。」

「咦……」

結女的臉僵住了。

眼睛停止轉動，嘴巴半張，臉頰抽搐。

接著眼睛又開始四處游移，嘴巴一張一合，用雙手按住臉頰。

「怎……怎麼會在這種時候，扯到內在部分……？」

「我、我有什麼辦法！要我稱讚妳穿泳裝哪裡好看，會讓我無法在社會上立足啦！」

「啥……！」

霎時間，結女變得滿臉通紅，用手臂遮住小腹與胸部，背部撞上了試衣間的後方牆壁。

「你……你好色！悶騷色狼！稱、稱讚泳裝的造型不就沒事了嗎！例如顏色跟我的氣質很搭之類的！那種的！那種的就可以了！」

「…………原來還有這招啊…………！」

真是慘痛的失誤。泳裝是店員選的，所以我沒想到還可以稱讚泳裝設計。

結女用布簾遮住身體，只露出臉來瞪我。

「……這下我終於知道，你平常都用什麼眼光看我了。」

「還不是妳愛露給我看！」

「我、我又沒有脫光光讓你看！……而且，我又不是在說這個……」

「嗄？」

「沒什麼啦！」

結女把臉縮回去，然後就在布簾內側窸窸窣窣地開始換衣服。

我心裡覺得很不痛快，手肘立在膝蓋上，不托臉頰而是托著下巴。

我難得稱讚妳，妳怎麼還挑剔啊。真要說起來，為什麼每次都是我……

「喂。」

「嗯欸？我、我現在在換衣服耶……」

「不是要尋找對方的優點以取回緊張感嗎？那也不能都讓我講吧，妳也必須稱讚我一下。」

「欸？」

換衣服的聲音停住了。

片刻之間，四下只聽得見百貨公司的喧囂。

「例……例如抱怨半天，還是會陪我陪到最後……之類的……？」

輕細的聲音，即使混雜在喧囂之中，仍清楚地傳進我的耳朵。

我用托住下巴的手，用力摀住了嘴。

妳也來稱讚內在這一套？

還以為妳會說「戴眼鏡很好看」之類的咧……

「啊——……原來如此。所以妳平常都是用這種眼光看我就對了。」

「這、這種眼光是哪種眼光啦？」

「這個嘛，嗯……好講話的工具人之類？」

「你這樣也算好講話，那全人類統統都好講話了啦！」

竟然還反駁我，真是個不體貼的傢伙。

我後來就沒再說話，等結女換好衣服。

比起換上泳裝時花了更多時間，結女從試衣間裡走出來。

「我去……買這件泳裝。」

「妳喜歡嗎？」

「算是吧。對啦，我是因為自己喜歡才會買的。」

因為妳喜歡，是吧？那當然了。

我跟結女一起去櫃台，看著她把泳裝拿給剛才那位店員。這時，我不小心看見了泳裝上的標籤。

上面寫著「９Ｍ」。

……９Ｍ……

遇上未知度量衡的我，出於求知的好奇心拿出了手機。9M，9M——上圍83公分？

C、D罩杯……喔……

「（不好意思，請問一下。）」

結女往櫃台探出上身，我聽見她對店員小聲說：

「（我覺得胸部有點緊……）」

「（咦，這樣啊？那就是比妳告訴我的尺寸長大了一點喔。）」

……………………………………

就在我達到無我的境界時，女店員臉上掛著超越職業笑容的燦爛微笑，說了聲：「謝謝惠顧——！」

看到結女接過店員遞過來的泳裝袋子，我伸手過去。

「嗯。」

「……咦？」

「拿來，我提。」

結女低頭看看抱在胸前的袋子，說：

「你……你是怎麼了？怎麼忽然變得這麼紳士？」

「不要這麼有戒心，只是出於平衡感的考量罷了。妳有揹包包，但我是空手。」

「啊……」

我懶得再講，就擅自把袋子搶了過來。裡面只有一件泳裝，重量等於是零。

我先走出商店，結女追到我身邊來。

然後，她看看自己空出的手，又看看我提著袋子的手，看了好幾遍。

「……平衡感啊……」

「怎麼了？」

「沒有，只是……該怎麼說……覺得你好像把你跟我，當成了二人組看待……」

「……………………」

我花了一些時間斟酌用詞。

「……這是當然的吧，都像這樣走在一塊了……雖說沒有血緣關係，但別人還是會把我們算成一對兄弟姊妹。」

「……就這樣？」

「就這樣。」

「也是……說得也是。」

暑假的百貨公司人很多，我們也有可能不慎走散，但我跟這傢伙都沒想到要牽手。我不認為有那個必要。

沒錯，這是重新確認。

確認我對這女人的想法，與這女人對我的想法。

「事情辦完了，回家吧。」

「也是，回家吧。」

「這樣有取回緊張感了嗎？」

「有吧，我已經知道你都在用色色的眼光看我了。」

「……就說了，那是因為妳愛露給我看。」

結女輕聲笑著，笑得含蓄。

不用轉頭往旁邊看，我也知道她現在是什麼表情。一定是把輕輕握拳的手放到嘴邊，一邊偷看我，嘴角一邊柔和地上揚。

成為戀人……

又成為兄弟姊妹……

我對這女人的表情，已經太過瞭解。

也難怪看起來會像是倦怠期了——畢竟我們不但不用牽手，連表情都沒有看的必要。

她的嗓音、外型、存在。

這一切待在我的身邊——都太過理所當然。

無論是被店員說成情侶，或是跟老爸他們圍坐在餐桌旁，這點恐怕都不會有所改變。

「回家的路上，要不要去逛書店？」

「也好。這樣回鄉下的時候就不愁沒書看了。」

「你對鄉間假期也太沒興趣了吧。」

就這樣，我們各走各的，沒有牽手。

——我本來認為，這樣沒什麼不好。

到了差不多傍晚，我們踏上回家的路。

晴朗的夏日天空，染成了火紅的夕陽色。電線桿擋人般橫越路面的影子，被我們一個又一個跨過。

「出門的時候有錯開時間，妳覺得回去的時候是不是也應該錯開？」

「不用吧？只要說回來的時候正好遇到就行了。」

「……也是，太神經兮兮的可能反而太假。」

相較於人潮洶湧的百貨公司，這附近完全無人路過。

除了道路兩旁的成排住家，隱約傳出小孩子的說話聲或準備晚餐的聲音，水泥地上只有

我與結女兩個人的影子。

簡直像是有心安排的場景，讓我的記憶再次學不乖地試著重回腦海。我把它推到大腦深處的角落。

沒必要。

那些記憶，都已經沒必要了。

我們處得來。時間與習慣解決了一切。我們如今不再受到國中時期的黑歷史所擺弄，能夠用自己的方式，度過已經稱不上陌生的日常生活。

成為兄弟姊妹過了四個月。

令人困惑的時間過去了。

我們是前情侶兼兄弟姊妹。但是，過去是過去，現在是現在，絕不會搞混。兩個頭銜可以正常地共存，絕不會發生其中一方侵蝕另一方的狀況。

我很明白這一點。

——本來是很明白的。

「啊。」

忽然間，結女停下了腳步。

我倆之間，隔開了一步的距離。

「這裡是……」

是岔路。

是如今我們不太有機會路過的，念國中時的上下學路線。

而且——

事到如今只能說是年輕的過錯，不過我在國二到國三之間，曾經有過一般所說的女朋友。

——染上夕陽色彩的上下學路線。

——分別通往我與她家的岔路。

——綾井微微染紅的臉龐。

——嘴唇留存的柔嫩觸感。

接連閃回腦海的記憶，與眼前的景象產生一致。

戴眼鏡綁低馬尾的結女，從比記憶稍近一點的位置抬頭看我的臉。

這時，一陣涼風呼嘯而來，結女的圓頂帽差點被吹走。

「——啊！」

我急忙伸手。

結女也急忙用手按住。

結果，我們的手重疊了。

「…………………」

「…………………」

今天第一次摸到的，光滑又冰涼的觸感，彷彿從指尖帶來了一陣酥麻的刺激。

只是我這麼以為罷了。

一切都是錯覺，是一時的迷惘。

對，在四個月前，我才剛剛悟出這個道理不是嗎？

可是，啊——同時我也這麼想過。

看到老爸提出再婚的打算——我也想過，看來人類不管活到多大，都還是躲不過一時的迷惘。

既然這樣，那麼還只是高中生的我們——

——結女輕輕使力，握住我的手。

緊緊握住理應沒必要握住的手，像是想挽留它，把它從帽子上放下來。

然後，用另一隻手，摘下了自己的帽子。

變得清楚可見的臉，畫上夕陽紅妝，像是有所期盼地注視著我。

「……克服倦怠期的方法四。」

然後，就像下將棋把王將逼入絕境般，補上一個藉口。

「用行動表達心意。」

這很簡單。

因為這件事，我們已經做過好幾次，好幾次，不知有多少次了。

反過來說……一年前，就是因為沒有這樣做，我們才會變得空費時間，產生破綻。

結女的眼瞼悄悄低垂。

再來只要我靠近她一步距離，稍微彎下腰就好。

很簡單。

真的很簡單。

如果是一年前的話，這真的很簡單。

「——好痛！」

我彈了結女一下額頭，她按住額頭嚇得差點沒翻白眼。

「你……你幹麼啊！」

「克服倦怠期的方法二，來個驚喜也是種有效的方法——對吧？」

「你說什……！」

結女漲紅了耳朵，渾身發抖。

我丟下這個繼妹不管，往自己的家走去。

「你！……剛、剛才那個完全是……！」

「照妳的要求啊。我用行動表達了心意。」

「你這個人對我到底懷著什麼心態啊！」

我哪知道啊。

我只是……有種想法。

覺得一年前的話是破鏡重圓，但現在再這麼做，就只是不肯放手了。

我無法當作一切都沒發生過。

無論是長達半年的倦怠期、決定分手，還是成為了繼兄弟姊妹。

也無法當作沒甩掉東頭伊佐奈。

我就是無法當作什麼都沒發生過，回到一年前的關係。
我毫無留戀。
東頭伊佐奈之所以被甩，並不是因為我還對前女友舊情不斷。

我再也沒有必要，去回想以前的事情了。

應該是這樣才對。
應該是這樣才對……
我們回到同一個家。
這是因為，我們是同住一個屋簷下的家人。

「水斗同學，這是昨天跟你借的書。」
「喔……怎麼樣？」
「很好看。本來以為是拿角色當賣點，沒想到解謎設計得相當紮實。」
「是啊。我就知道結女同學會喜歡。」

「嗯……呃……」

「…………………」

「如果還有什麼有趣的書的話……」

「喔，嗯，沒問題。」

我們取回了緊張感。

昨天之前的鬆懈態度消失無蹤，完全就像是剛認識的繼兄弟姊妹。我們成功回想起了那種微妙的距離感。

多虧於此，雙方爸媽也不再用「倦怠期情侶」這種有損名譽的稱呼叫我們了。

——是不再這樣叫我們了。

但老爸說了：

「你們怎麼好像變得很生疏？」

由仁阿姨接著說：

「現在變得好像開始琢磨求婚時機的情侶喔。」

聽到這種竊笑的發言，結女渾身發抖，氣沖沖地從坐著的沙發站了起來。

「啊——討厭！到底要怎樣才對啦！都是媽媽你們講一些有的沒的，把我搞迷糊了啦！」

「啊哈哈哈！抱歉抱歉。總覺得很難得看到結女跟男生感情變好嘛。」

「就當作是練習吧，練習。等到見到我那邊的親戚，會被損得更慘喔——？我告訴他們水斗有了姊妹時，他們可是興奮得不得了呢。」

「……越聽越不想去了……」

結果搞半天，好像只是我們太敏感，他們倆不過是開開玩笑罷了。

實在很想說他們很會給人找麻煩，不過沒事最好，就這麼想吧。

因為只要老爸他們還說得出笑話，我們也就能繼續做一家人。

「怎麼了？」

結女露出疑惑的表情，湊過來看我的臉。

今天沒戴令我懷念的眼鏡。

所以我沒想起過去的事，倒是想起了昨天看到的泳裝。

「……沒有。」

我讓視線落在書本上。

到哪裡算是過去，從哪裡開始算是現在？

我搞不明白，真的……受不了。

客廳傳來RADWIMPS的歌曲，原來是水斗在用電視看「你的名字」。
繼弟背靠沙發欣賞繪製得異常美麗的東京風景，我對著他的背後出聲說：
「你在做什麼？」
「看電影。」
「真稀奇。」
「不是我說要看的。」
不是你？
講得好像這裡有其他想看的人一樣——
「結女同學，打擾了——」
突然間，從無人的位置傳來了聲音。
我嚇了一跳之後，看到沙發靠背內側無聲地伸出一隻手來，往左右輕揮兩下。
我順著手臂往下看，原來是東頭同學躺在沙發上。

拿水斗的大腿當枕頭。

「…………東頭同學，妳在做什麼？」

「看電影。」

不，我不是在問這個。

我是在問妳怎麼會好像理所當然地拿人家的大腿當枕頭。

「因為我不敢相信水斗同學竟然說沒看過『你的名字』，所以我在讓他補修。這可是日本國民的必修科目耶，必修！」

「日本現在的教育方針變得可真奇怪。」

「看完這個之後就要接著看『秒速5公分』喔。」

「不是『天氣之子』嗎？」

水斗一邊一派自然地跟東頭同學聊天，一邊也沒閒著，用指尖把玩著她輕柔飄逸的頭髮。

他們這副德性擺明了就是一對情侶，要不然就是狗與狗主人。

一個疑問閃過腦海。

伴隨著帶刺扎人的觸感，多次心生的疑問探出頭來。

我現在，是不是撞見了兩人的家裡約會？

會不會只是瞞著我們，其實這兩個人，根本就在交往……？

也許在我們見證的那場告白過後，發生了一些狀況讓事情往那種方向發展，不好意思告訴我們所以沒說——

——所以上次，他才沒有吻我？

「…………………」

——你！……剛、剛才那個完全是……！

——照妳的要求啊。我用行動表達了心意。

總覺得胸口附近有種刺刺的、悶悶不樂的感覺——我想擺脫這種感覺，於是一屁股在水斗的旁邊坐下。

水斗側眼看著我，說：

「……怎麼了？」

「我也要看。」

豈止躺大腿甚或只是肩膀相觸，我坐在伸手都碰不到他的位置，偷瞄一眼東頭同學的臉。

「最棒的就是沒直接講到話，卻不用兩秒就變成拌嘴情侶耶——」

這是個好機會。

正好，有人給了我一項任務。

就是仔細觀察這個悠哉聊動漫話題的女生，跟水斗究竟是什麼關係——揭露其中的真相。

「我問妳我問妳，東頭同學是他的什麼人呀？」

興味盎然地跑來這樣問我的人——並不是哪個愛聊八卦的同學。

是伊理戶由仁。

也就是我的親生母親。

在上午的空閒時間，我正在用手機收集新書資訊。聽到這話，我抬起頭來說：

「……什麼什麼人？」

「沒有啦，妳看嘛，進入暑假之後她不是幾乎每天都來玩嗎？所以我想知道，她跟水斗實際上到底是什麼關係～就算說已經分手了，不覺得他們感情也太好了嗎？」

來複習一下吧。

之前東頭同學的失言，造成媽媽與峰秋叔叔以為她是水斗的前女友。

兩人似乎對從天而降的兒子風流史大感興趣，每次碰到東頭同學來家裡玩就抓著她不

放，嚇壞了她。

「……好吧，的確，我也覺得他們感情很好……好到有點不自然。」

「對吧？對吧！我也在跟峰秋說～說不定他們是害羞才會說已經分手了！……所以嘍，結女，妳能不能去查探一下？」

「好……好？」

我一不小心就點頭了，但她剛才說什麼？查探？

「東頭同學面對我們好像會緊張，所以我想如果是結女的話，也許可以不動聲～色地刺探一下——」

「為、為什麼我得去做這種事……」

「結女應該也很好奇他們的關係吧？」

「…………這個嘛，有一點吧。」

「那就去嘛！拜託妳嘍！」

被這樣單方面要求，我話都接不下去了。

媽媽這種積極的個性，怎麼都沒遺傳給我？真想對基因的構造抱怨兩句。

在電視上，男女主角正在上演一場戀愛喜劇。

我滿久以前就看過這部片，記得是在快要跟坐我旁邊的男人開始交往的時候，不過現在重看一遍，該怎麼說呢？也有一些身有同感的部分……像是女主角想把主角跟別的女生湊一對的部分。

我往旁邊偷看一眼，只見水斗與東頭同學都只是面無表情地望著畫面，不知道心裡在想什麼。

可能有人看到會以為他們覺得無聊，但這兩個人有時看似面無表情，心裡其實已經興奮到大喊「好看到爆炸！超誇張！！」的地步了。還真是半斤八兩……

「嗯嗯嗯——……好熱……」

在水斗的大腿上，東頭同學一邊扭動身子一邊自言自語。

東頭同學以前來家裡時有穿過我與曉月同學幫她挑的外出服，但最近可能變得有點當成自己的家，都是穿家居服來伊理戶家玩。今天也是，下半身是牛仔褲，上半身是短袖帽T。

冷氣的溫度設定得比較高，穿著外套或許是會覺得熱。我想把溫度調低一點，正在找遙控器時……

——滋……

東頭同學已經先把帽T的拉鍊拉開了。

「呼——」

東頭同學舒服地輕呼一聲，把注意力放回畫面上。

可是，我卻沒那心思繼續看電影。

那當然涼快了。想也知道很涼快。

——因為帽T裡面，穿著跟內衣沒兩樣的坦克背心。

跟曉月同學之前叫她穿，她說跟女色狼沒兩樣的衣服沒差多少。背心緊貼肌膚，讓豐滿胸部的形狀清晰浮現。還毫無保留地暴露出真正作為巨乳證明的I型胸溝。而且肩帶稍微往旁滑開，胸罩肩帶都看見了！

我非同小可地受到震撼，也非同小可地盯著她看，但近在她身邊的水斗卻鎮定地繼續欣賞電影。我不好意思打擾他，所以也無法對東頭同學的衝擊性行為做出提醒。

怎樣……？這是怎樣……？只有我覺得這樣很奇怪嗎……？沒把帽T的拉鍊拉到底而是停在露出胸部的位置，是有什麼目的嗎……？還是說只是覺得之後要合回去很麻煩……？

把心裡七上八下的我晾在一旁，電影演到差不多一半，故事變得更加扣人心弦。

就在水斗的眼睛變得愈加離不開畫面時，第二場衝擊不為人知地侵襲了我。

「……嗯嗯嗯……好癢……」

東頭同學喃喃自語後扭動身體，把手繞到背後。

她搔了搔自己的背，我本來在想「喔，是背在癢吧？」，但東頭伊佐奈總是能讓人驚奇不斷。

就看到她又扭又鑽的……

開始把自己的手，塞進脫了一半的帽T——不是，她竟然伸手到底下的坦克背心裡。

咦？什麼？這是在幹麼！

腦袋亂成一團的我，得到的答案是一個微小的聲音。

——啪。

這個聲音，我也——不對，只要是女生，日常生活中都會聽到這個聲音。

不會吧。

就算是東頭同學，畢竟水斗就在身邊，總不至於會——

然而我祈求般的想法，輕易就被辜負了。

一塞。

東頭同學從胸口部位，把手伸進衣服——不，是塞進了胸罩裡。

她把手塞進解開背後扣子弄出的空隙，直接擠進大概是下乳的位置，替那裡抓癢。抓得可起勁了。

不是，其實我懂喔？那裡會很悶熱，我懂我懂。有時候是會想抓一下。

可是，誰會真的這樣做？

當著男生的面——應該說當著外人的面！會這樣做！這種動作！換作是我連在家人面前都會不好意思！真不敢相信……！

「呼咿——」

東頭同學一副抓過癮了的表情，把手從胸部那邊拔出來，若無其事地把胸罩重新扣好。

抱歉破壞妳抓完正舒服的心情，但我不能不說妳兩句。

晚點我一定要講她。也要跟曉月同學報告。

曉月同學一定也不會贊成在男生面前穿這種胸罩外露的邋遢打扮。就算是在再熟的人面前，她應該也不至於會只穿一件大尺碼T恤晃來晃去。有人跟我同一個陣線，東頭同學才是異端分子。我可要讓曉月同學好好講講妳！

「……我去拿個飲料。」

「嗯。」

「好——」

我輕輕托著頭，從沙發站了起來。

觀念的差異讓我頭昏腦脹……到底要多不分彼此才會變成那樣？水斗也沒好到哪去，怎麼絲毫都不介意？

連男女朋友的關係都不是了。

同居。

是同居第三年的情侶。

只是打個比方，但他們給我一種感覺，好像就算水斗不慌不忙地把手塞進東頭同學的胸前，她也只會說「幹麼啦，很癢耶——」就結束了。就算現在這個當下他們冒出「差不多可以考慮結婚了。」「那就結吧——」這樣的對話也不奇怪。連使用距離感這個字眼都覺得沒意義。

為什麼東頭同學呈現出的同居感，比實際上跟他同住的我還要強烈？為什麼！

不懂什麼意思。最搞不懂什麼意思的是，他們在回絕告白與遭到拒絕之後感情竟然還變得更好。當時我與曉月同學還擔心告白會導致兩人不能繼續做朋友，現在回想起來簡直是耍白痴。

伊理戶水斗與東頭伊佐奈，根本就不可能不做朋友。

……越想越覺得，這兩人簡直是奇蹟。一個人究竟有多大的機率，能與這麼合得來的人相識？自從上了高中以來，以朋友層面來說本來應該是我大獲全勝，現在看到他們這樣卻讓我為自己感到可悲。

……好羨慕。

前女友搜羅情資

「同居第三年的情侶……？」

真的……好羨慕。

啊，沒有啦，我沒有別的意思。

我拿著杯子與麥茶回到電視機前面。

就在我邊看畫面邊倒麥茶，拿起來喝的時候……

「我也要。」

「咦？」

水斗眼睛完全不離畫面，只開口說了。

「我渴了。」

「……剛才怎麼不講？講了我就會幫你拿杯子了。」

「忘了。」

唔哇……看到入迷了。

我從國中就認識這男的，大致上了解他的喜好。無論是純文學、輕小說、推理小說或是電影，他就喜歡那種強烈顯現個人風格的作品。

的確，他只是之前沒有看動畫電影的習慣，但從這種喜好而論，看來新海誠導演很合他的胃口。

往水斗的大腿上一看，東頭同學仰望著水斗的臉，嘴巴開心地微笑。看樣子她的計畫成功了。

「……………………」

——座位已經滿了。

——我是個心胸狹窄的人。看樣子我最多，只能用真感情面對一個人。

水斗當時這麼說，拒絕了東頭同學的告白。

那個座位，現在是誰坐在上面……我知道，只有我知道。

可是，那樣——

「……那這給你。雖然我喝過了。」

「嗯，謝謝。」

水斗看都不看就接過了我端給他的杯子，咕嘟咕嘟地把它喝光。明明外表線條纖細，做這種動作時還真有點男人味。

我用還回來的空杯子再倒一杯麥茶，重新拿起來喝。

「咦？」

我用冰茶沖掉充斥體內的鬱悶心情。

「呃……那個……」

「嗯？」「咦？」

這時，東頭同學好像覺得很困惑，輪流看著我與水斗。

怎麼了？東頭同學也想喝茶嗎？

我還在這麼以為時，她從截然不同的角度給了我一記重拳。

「你們剛才…………那樣是，間接接吻耶…………」

「……嗄？」「……咦咦？」

我與水斗很快地互看一眼，然後視線轉向杯子。

建街街穩。

間接接吻？

「……啊——……」

水斗發出恍然大悟的低呼，然後眼睛轉回到電視畫面上。

看到他那平淡的反應，東頭同學的眼神在說：「咦！就這樣？」

間接接吻……

對喔，是有這麼一種概念。

我喝了麥茶。

「咦！咦咦——……？你們都不會在意嗎……？一家人都是這樣的嗎……？還是說是高中生的常態……？」

又不是用同一把牙刷或筷子，沒什麼好在意的。我早就喪失那種純真的部分了。

……原來在這種地方，這男的也還不算東頭同學那一邊的啊。

一想到這裡，我就稍微——感覺到體內悶悶不樂的心情，稍稍緩和了一點……

工作人員名單放完後，水斗整個人癱到沙發的椅背上。

結果整整兩小時都躺在水斗大腿上的東頭同學，用窺探的目光望向他。

「……覺得怎麼樣？」

「很好看。」

「哪些地方好看？」

「一開始最吸引我的還是風景的描寫但演到一半手法逐漸明瞭時我開始好奇整體劇本的結構該怎麼說呢光看細節的話會凸顯出導演的個人癖好但是俯瞰整體架構又像是具有好萊塢電影的機能美兩者結合彷彿散發出難以形容的魅力……」

連珠炮！

東頭同學霍地坐起來，兩眼閃耀著光彩逼近水斗。

「個人癖好！我懂你的意思！不覺得最棒的就是揉胸好像已經成了一種義務嗎！」

「這是一般所謂性轉作品的老哏吧。就我的認知，性轉換應該屬於一種冷門類別才對，這部電影怎麼能擺出一副國民電影的嘴臉？」

「自從『你的名字』問世之後，新海誠導演的魅力就在於裝得一副國民電影的模樣，卻把整個個人癖好砸到觀眾身上啊。要形容的話……對，就是那個。就像是把未加刪剪的色情刊物拿給純真少女看那樣——」

「黃牌警告。」

「嗚欸！不、不是的，這個不是在開黃腔！你沒看過《幽遊白書》嗎！你爸爸或認識的人沒有收藏嗎！」

我自認在推理小說方面算是滿宅的，但這兩人的對話總是混雜了各種次文化知識，聽都聽不懂。

……如果我也像東頭同學這麼宅的話，是不是就能一直跟他做好朋友？

我隨即打消這個不知不覺閃過的念頭。這種假設毫無意義，況且就算我真的是那樣，這男人的個性也不會改，也不能改變我對他幻滅的事實。

我並不是……想變得像東頭同學一樣。

因為如果我像她一樣，就絕對不可能跟曉月同學或其他女生變成朋友。

「唉……盯著畫面看了兩小時，實在有點累。」

「也太沒體力了吧。」

看到水斗虛脫地仰望天花板，我用傻眼的語氣對他說。明明可以看書看上好幾小時，這樣就不行了。

「喔！那這樣好了！」

東頭同學突然坐正，輕拍兩下自己的大腿。

「請吧，這是回禮！這次換我當枕頭了！」

「嗯——……那就……」

「不不，暫停暫停！」

水斗一聽就想躺下去，我急忙抓住他的肩膀。

「不能這樣吧……！我不知道該怎麼說，總之不好吧！」

「哪裡不好……？」

「有哪裡不好？」

還問我哪裡不好，就是……要是躺在東頭同學的大腿上，從角度來說，胸部會變得很不得了……

東頭同學面露詭異的笑容，慢慢逼近可能因為疲勞而兩眼無神的水斗。

「女高中生的大腿給你躺喔～很舒服喔～現在還附贈掏耳朵喔～只給這位大哥特別服務喔～」

「不要講得這麼邪惡！妳是在哪裡學到這——」

「……讓東頭掏耳朵有點可怕……」

「咦？」「唔欸？」

先是聽到迷糊恍神的語氣，接著水斗的身體整個往旁倒下。

不是倒向東頭同學——是我。

在我的大腿上，水斗扭扭身體尋找放臉的位置……然後就這樣沉沉睡去。

「…………」

「…………」

我與東頭同學，愣愣地注視著他的睡臉。

自從進入暑假以來，這男的經常睡到中午，導致到了傍晚常常顯得昏昏欲睡……但也真服了你，竟然能在別人的大腿上，睡得這麼香……

「……這是表示他不想讓我掏耳朵，所以轉而尋找結女同學了嗎？」

「……大概吧。」

「真沒禮貌。我看起來有那麼笨手笨腳嗎？」

「老實說有。」

「我受到打擊了！」

沒辦法，我完全無法想像東頭同學打毛線之類的模樣。

「……不過……」

東頭同學如此低喃，來到我的膝蓋前面，蹲下來探頭看著水斗的睡臉。

「能看到這麼可愛的睡臉，就會想原諒他呢。唔嘿嘿～♪」

東頭同學露出鬆緩傻氣的笑臉，戳了一下水斗有彈性的臉頰。

我心想，她是真的很喜歡他。即使被甩，即使知道當不成女朋友，她仍然喜歡水斗喜歡得不得了。

……不過嘛，如同水斗對待東頭同學的方式像是當成家裡養的狗，東頭同學對待水斗的方式看起來倒也有點像在逗家裡的貓。

平時缺乏表情的東頭同學，在睡著的水斗面前滿足地笑著，說：

「難得有這機會，要不要真的幫他掏掏耳朵？」

「咦？不太好吧……把棒子塞進別人耳朵裡挖不會有點可怕嗎？」

「啊，我懂。我連讓媽媽幫我弄都會怕。真想叫她不要擅自在別人耳道裡尋寶。」

「啊——……」

「那還是說親他一下好了？」

「也是——嗄？」

這話講得太自然，我一下子不小心點頭了。

妳剛剛說什麼？

東頭同學專注地，注視著水斗靜靜呼吸的臉龐。

「……東頭同學？妳剛才是不是說要親他？」

「想說現在的話不會穿幫……」

「不是，是沒錯。但我的意思是，什麼？……初吻就這樣妳能接受？」

「嗯——……的確，場景如果能再浪漫一點或許會更好。況且水斗同學在睡覺，舌頭也伸不進去……」

「妳企圖來個什麼樣的初吻啊。」

「也不能順水推舟地被他脫衣服……」

也太慾火焚身了吧。

「……真佩服妳滿腦子這種思維，還能維持那種距離感……」

「我還滿努力的喔？像是每次被水斗同學把頭髮亂揉一通的時候啊，坦白告訴妳，我一

整個慾火中燒呢。終於明白女主角被摸頭時臉頰飛紅的心情了。」

「我覺得那個女主角應該不是因為慾火中燒才會臉紅。」

根本是在毀謗少女漫畫。

「真要說的話，我那次告白有一部分也是看上水斗同學的身體……」

「是這樣嗎！」

「因為妳看嘛，假如不但感情很好還能做色色的事的話，那豈不是棒透了嗎？」

「………嗯，嗯嗯嗯──────………」

好吧，假如講得露骨一點的話，是這樣沒錯。

「雖然普遍級就已經很好玩了，但既然要玩就想玩十八禁的原作，大概就是那種心情吧。」

「不，我不是很懂。」

「我的意思是……只是普通朋友的話，就不能跟水斗同學包辦所有本來能做的事了。」

東頭同學用難以捉摸感情的神情，近距離注視著水斗許久。

「要是有機會，我也好想看看色色的水斗同學喔。」

旁人看起來只是面無表情，卻讓我感到一陣揪心。

在我眼前的，是過去可能存在的我自己。

我明明知道過去的我跟東頭同學並不一樣，卻無法不拿我們倆相比。

因為兩年前的暑假結尾——假如那時，這男的回絕了我的告白，應該也會像現在這樣，維繫與我的關係。

而說不定那樣做，反而能讓我們關係良好的時期持續下去——就像東頭同學這樣。

「雖說只要把朋友改掉第一個字，就可以又當朋友又看他色色的部分看個過癮了。」

「給我等一下。我絕對不會支持妳朝那種關係邁進喔。」

「我知道啦。交砲友的水斗同學不合我的觀點。」

「剛才明明還講得比較委婉！」

……觀點不合。觀點不合，是吧。

我覺得這些宅男宅女，還真是發明了一個好詞。

這正是讓許多愛的告白與成功化為崩壞序曲的萬惡根源。

「嗯嗯——……」

東頭同學目不轉睛地盯著水斗的睡臉瞧，同時坐立難安、略顯浮躁地晃了一下腰。

接著，她倏地站起來說：

「……借一下廁所。」

「咦……？」

這個女生想在別人家裡做什麼？

「咦？」

東頭同學看到我的反應偏了偏頭，「啊！」隨後臉蛋變得有些泛紅。

「不、不是啦！只是去尿尿！」

「啊……喔，這樣啊……」

之前聊的話題有點黃，害我還以為她是要去……

「……應該說……」

唔呼。東頭同學面露讓人不太舒服的笑容。

「聽水斗同學說結女同學沒有那方面的知識……結果明明就有嘛。」

「……畢竟都上高中了嘛。也有上健康教育課啊。」

「唔呼呼呼呼。學級榜首的美少女優等生講這類話題，讓人超興奮。」

「好噁！」

我兩個字直接送給東頭同學，「噫欸！」她叫了一聲，就用小跑步逃走了。

我不是不知道，只是不太喜歡。

再加上我在這男的面前，總是在裝乖寶寶。

……因為，我怕不合他的觀點。

只有滴答，滴答，滴答的時鐘指針聲，與水斗睡眠的吸氣吐氣聲，充斥整間客廳。

我一邊感受著大腿上的重量，一邊低頭看著他線條纖細的面容。

長睫毛輕輕闔起，略長的瀏海有幾絲落在它上面。我用手指輕輕將它撥開，一種細柔的觸感留在指尖上。

較薄的嘴唇，安穩地呼出氣息。

我知道這片唇瓣的觸感。

它很柔軟，但偶爾會有點乾燥。有時我會借他護唇膏，塗過之後再重新來過……或者當然只是鬧著玩，但有時也會用自己的嘴唇直接幫他塗。

一開始很笨拙，只能勉強讓最前端稍稍相觸。我們會讓臉傾斜著以避免鼻尖相撞，但卻弄得像是互做假動作，彼此都笑了起來把氣氛破壞掉。等到往右傾斜成了一種默契後，我們還是覺得鼻子氣息變得粗重很難為情，沒辦法維持太久……

——每三秒就稍微分開一下換氣。

——其間，先互相凝視，然後重新相觸。

——只要其中一人拍拍對方的背，對方也回拍，就表示結束。

那是這世上只有我——只有我跟他知道的，只屬於我們的規定。

可能也是東頭同學成為女友後，想知道的事。

即使到了現在，他一定也還記得。

「……………………」

我俯身向下，頭髮從右臉旁邊垂了下來。

我就像在看書時那樣，把它掛到耳朵後面。

上次被他糊弄過去，但這次他睡著了，無計可施。

憑著我的一個想法，那種心情就會重回心頭。

那種既像輕飄飄浮躁不安，又像沸騰滾燙，甘霖與飢渴交互到來的心情。

最後一次產生這種心情，不知是什麼時候的事了。在我們的關係變僵的不久之前，大概是在去年的六月前後。沉睡了一年又兩個月的心情，從胸口深處重見天日，即將溢出身體之外。

——……要是有機會，我也想看看色色的水斗同學。

我也很想看。看多少次都不厭倦。

但是，我已經好久沒看到了。你那只注視我的臉龐的眼眸，彷彿主張不會交給任何人那樣強壯地抱緊我的細瘦手臂。像是兩人的身體合而為一的，那種感覺。

一旦回想起來，就讓我好想再看一次。

即使知道不行，卻克制不了自己。

啊——

——這只不過是性慾罷了。

漸漸冷掉。

漸漸冷掉。

胸口深處沸騰滾燙的某種東西，急速冷卻。

我知道了。

我知道你上次，為什麼拒絕我的吻了。

回憶起昔日，希望像昔日那樣得到滿足，想做些跟昔日一樣的事——這樣的時刻，在這四個月內要多少有多少。

可是……這只不過是一種眷戀。

過去得到滿足的部分，如今沒了。這些念頭，不過是想填補那種空洞的慾望罷了。

真膚淺。

真丟臉。

真難看。

竟然為了這種平凡的慾望，讓東頭同學一輩子一次的告白以失敗告終——我們怎麼可能接受這種事實？

觀點不合。

這樣的我們只能說——觀點不合。

我深深嘆一口氣，慢慢地把水斗的頭從大腿上挪開以免弄醒他，然後站了起來。

都已經阻止了東頭同學了，怎麼可以變成我想入非非？

去讓腦袋冷靜一下吧……

我躡足走出客廳，前往盥洗室。

一照鏡子，看到的是彷彿被踏平的地面般毫無表情的臉孔。

「怎麼樣？水斗跟東頭同學是什麼感覺！」

晚上，媽媽一臉興味盎然地跑來問我，於是我誠實報告了偵察結果。

「感情好到不行。」

「嗯嗯！然後呢然後呢？」

「就這樣。」

「怎麼這樣——！」

媽媽顯得很不滿意，但我沒其他話好說了。

「應該有一些更具體的部分吧？他們都在做什麼？」

「……這個嘛，水斗同學有讓東頭同學躺大腿……」

「哦哦！」

「東頭同學喊熱，然後忽然脫衣服……」

「呀——！」

「又說很癢，突然就把手伸進胸罩裡抓癢……」

「……嗯嗯？」

興奮變成了詫異。會有這種反應很正常。

「不能忘記的一點是，這些全都當著我的面做得一派自然。」

「……嗯嗯——……？」

媽媽一臉困惑地歪著頭說：

「同居第三年的情侶……？」

不愧是母女。

「可是可是，不覺得他們很登對嗎？妳看，水斗那孩子也有種奇特的氣質，像那樣自由

奔放的女生說不定比較適合他，對不對？」

「好吧，解釋上的不同吧。」

那兩人很登對。

關於這點，我的意見在告白失敗之前與之後都沒變。

甚至覺得世上找不到第二對男女，能像他們那樣一拍即合。

但是人際關係難就難在，不會因為這樣就成為情侶。

「這下結女也不能慢慢摸嘍！」

「咦？」

媽媽突如其來的一句話，讓我心臟漏了一拍。

咦，咦，怎麼會扯到我？難道說，媽媽——

「結女也得交個有魅力的男朋友，不然就要輸給水斗嘍！妳現在這麼可愛，很快就會交到了啦！」

「啊……喔，嗯……」

是這個意思啊……

我交男朋友……除了水斗以外？

「……這沒什麼好比的，妳就有耐心一點吧。」

「怎麼這樣——？」

很遺憾地——真的真的，很遺憾地。

這個部分到目前，仍然是最大的觀點差異。

在車站下車時，我心想：「其實也沒有很鄉下嘛。」

大型車站裡有很多伴手禮店，走出車站時還迎面看到像是購物中心的大型建築物。行人也很多，都可以說是都市了。

水斗說這裡是「標準的鄉下地方」難道說只是形容得比較誇張？

然而一坐上公車，這個疑問就消失了。

隨著噗咻一聲，車門關上。

公車上除了我們一家四口之外，沒有半個乘客。

明明是大白天，怎麼會有這種事？

我看著車窗外的風景，文明氣息在我眼前迅速轉淡。建築物消失得不見蹤影，整片原野放眼望去，只林立著無數架起電線的鐵塔。

進入山區後綠意更加濃厚，整條枯燥無味的縣道除了行駛中的公車，已經找不到半點人類文明的痕跡。

「謝謝！」

在公車站下車時，聽峰秋叔叔這麼說，公車司機略微掀起帽子打了個招呼。看來他們是舊識。

公車開走後，眼前是一片廣闊的旱田。

公車站沒有頂棚，取而代之地，只有層層重疊的樹梢落下陰影。每次起風都會將樹梢吹得沙沙作響，刺眼的陽光強烈地燒灼我的眼瞼。

——知——了知了知了知了……

公車的引擎聲消失後，就只聽得見蟬聲唧唧。

簡直像到了異世界。

讓我感到些許不安，心想萬一回不到那個熟悉的世界，該怎麼辦？

「唔哇——！結女，妳看妳看！公車一天只有三班耶！」

媽媽都老大不小了，看著空蕩蕩的時刻表還興奮地叫道。

峰秋叔叔帶著溫馨的笑容說：

「早上、中午、傍晚各有一班已經不錯了。在這種鄉下地方安排公車路線，其實一點都賺不到錢的。」

「買東西什麼的要怎麼辦啊？」

「這附近銀髮族比較多。市區那邊的店家在區公所的指導下，會安排時間一次送貨。再說，現在的老人家都已經會用郵購了。再不夠的話，就開車到剛才的市區。」

「哇啊啊──……」

「不能開車的年輕人比較委屈，必須趕末班公車回家。不過嘛，在這裡待上幾天放鬆一下也不錯。」

峰秋叔叔補上一句好話，說：「那我們走吧。」就邁出腳步。峰秋叔叔的母親──也就是水斗的奶奶的家，好像還得走一小段路才會到。

我正要去拿放在地上的旅行箱，但另一隻手輕快地從旁邊伸過來，搶先把它拿了過去。

「啊，你幹麼……！」

繼弟伊理戶水斗好像沒聽到似的不理我，拖著我的旅行箱就走，留下一連串輪子滾動聲。

討厭，是怎樣啦……！沒經過人家同意就把東西拿走！

我本來想追上去講他兩句──但準備脫口而出的話語，立刻又縮了回去。

為什麼？

因為我們的前方，有個坡度很陡的坡道。

「……………」

水斗一言不發，拖著帶輪子的旅行箱開始爬坡。

那樣走起來應該滿費力的，他卻沒表現出半點不耐煩，瀟灑地往上走。

……就跟你說了。

做什麼事情，先把理由說清楚啦！

「唔哇……」

「哦……哦哦——……」

爬完坡道後看到眼前的大門，我跟媽媽都被震懾住了。

這就是水斗的奶奶家。

不，與其說是家……這應該要叫做宅第了吧？

我愣愣地望著往旁延伸了五十公尺以上的白牆，以及氣派的瓦片屋頂。

「峰秋叔叔的家裡，該不會其實很有錢吧……？」

「不不，有錢的只到我外公那一代啦。我外公似乎完全不打算讓子女繼承財產——遺產幾乎都捐出去了，只給他們留下這幢房子。」

「哇啊——……真可惜……」

「不過我媽跟舅舅很早就離開家了，所以好像沒什麼怨言。」

說到這個，記得水斗也是為了學費才會成為特待生。

我偷看一眼身旁的繼弟，只見他一臉厭煩地瞪著天上的太陽。

「好熱……」

「就是啊。趕快進屋子裡吧。」

我們穿過前院，峰秋叔叔按了大門的門鈴。在這種古色古香的宅第聽到「叮咚——」的電子音效，讓我覺得有點好笑。

「來了來了來了……」

拉門從內側嘩啦一聲拉開，出現了一位穿著圍裙的老婆婆。

一時之間我還以為是幫傭，但她看到水斗的瞬間神情一亮。

「哦——哦——哦——！這不是水斗嗎！你長大了！」

水斗輕輕頷首打招呼。

老婆婆一看，「唔哈哈！」大聲笑了起來。

「還是一樣不愛理人哪！這樣恐怕交不到女朋友吧！」

「媽，妳不是說不想變成整天催人結婚的鄉下老太婆嗎？」

「喔喔，對喔對喔。好險好險。」

她說：「總之先進來吧。」我們便踏進了玄關。

穿著圍裙的老婆婆踏上榻榻米的木框，說：

「我是伊理戶夏目。」

報上名字後，對著我跟媽媽禮貌周到地低頭致意。

「真是抱歉，這麼久才與妳們見面致意。都怪我這笨兒子冷不防說要再婚……」

「哪有冷不防？我有提前兩星期告訴妳啊。」

「這不叫冷不防叫什麼！」

我偷偷點了點頭。水斗也在旁邊暗自做了同樣的動作。

我明白兩人是怕影響我們應考才會瞞到最後一刻，但我也覺得或許有更好的做法。

……不過也是，要是在我們分手之前得知再婚的消息，情況就比現在糟上更多倍了。

「真對不起，媽！我們也是猶豫到最後一刻……」

「不要緊的，由仁小姐。妳能讓我這兒子有心再婚，我高興都來不及了。真的很謝謝妳。」

「不會不會，快別這麼說！」

媽媽慌張又惶恐，對著夏目婆婆——奶奶？——不住揮手。

這時我才想到，我沒聽媽媽說過是怎麼跟峰秋叔叔認識，又是怎麼發展感情的……說不

定其實有過一番波折。

「那麼，這邊這位就是結女嘍。」

她往我這邊看來，使我不假思索地挺直了背脊。

「我是伊理戶結女，要受您照顧了。」

「哎呀哎呀，這孩子真懂禮貌，看起來很守規矩呢。跟水斗處得還好嗎？」

「還、還好。」

「他們倆感情比我們還好呢。對吧，由仁。」

「就是啊就是啊！水斗對結女很好的！」

「水斗嗎！真的啊～」

夏目婆婆柔和地笑著說：

「不過，一下子突然得到這麼大的孫女，感覺還真是奇妙。真要說的話，倒比較像是孫子娶了媳婦呢。」

「咦？」

媳、媳婦？

我不禁當場驚呆時，「呵呵。」媽媽壞心眼地笑了。

「怎麼辦？要不要跟水斗結婚？」

「不、不結。不用了……」

「開玩笑的啦！開玩笑！」

差、差點嚇出心臟病來……

我順便觀察了一下水斗的反應，結果只看到一張不知道在想什麼的臭臉。

雖然比慌張失措好多了，但總覺得很火大。

「你們都累了吧，進來進來。峰秋，午飯吃了沒？」

「路上吃過了。」

「是喔，那就先去把行李放下吧。峰秋，你帶他們過去。」

「好。來，這邊。」

我拿起行李走到走廊上，與夏目婆婆暫時告別，就跟著峰秋叔叔走去。

這個家大到一個人亂跑可能會迷路。同時也是一間老房子，每踩一步都會讓地板軋軋作響。

「媽媽是關西人嗎？」

「她的方言是跟爸爸學的。我爸是土生土長的京都人。」

媽媽他們聊著這些事時，我看到房子有面向庭院的檐廊，不禁有點感動。雖然伊理戶家也有庭院，但我還是初次看到這種只會出現在連續劇裡的標準檐廊。好像犬神家喔……

「我們是那邊，妳們倆睡隔壁間。」
「好的——」
「放下行李後就要去拜佛壇嘍。」
「好的好的——」
可能是顧慮到我與水斗，我跟媽媽一間房間，水斗則跟叔叔一間。
走進鋪榻榻米的和室，我從旅行箱裡拿出替換衣物時，「唉——」媽媽大嘆了一口氣。
「幸好峰秋的媽媽人很和善～本來還在擔心如果是個嚴厲的婆婆該怎麼辦呢……」
「媽媽之前也沒見過她？」
「有打過電話，但也就這樣了。」
「是這樣啊。」
「真的太好了～……」
媽媽整個人都癱了，看來她其實滿緊張的。可想而知，能不能受到結婚對象的家人接納可是人生大問題。
對這個家來說，我們說穿了就是外人。
我沒多想就抱持著輕鬆心態跟來了，不知道會不會怎樣……？
「會有很多親戚來這個家裡聚會對吧？大概會來多少人？」

「嗯——？好像說過主要是種里家的人會來喔。」

「種里？」

「峰秋媽媽原來的姓。我聽說她媽媽有個哥哥，那邊的兒子還有孫子孫女之類的會有幾個人過來。」

媽媽的婆婆的哥哥——也就是我奶奶的哥哥。這個要怎麼稱呼？然後是他的兒子，以及孫子孫女——孫子孫女啊。跟我的關係，記得應該是再從表兄弟姊妹？不知道年紀跟我相不相近……

「由仁——結女——要去佛壇嘍——」

「來了——！走吧，結女！」

我們拉開紙門，跟水斗與叔叔會合。

水斗還是一樣，一副不知在看哪裡的恍神表情，就只是跟著叔叔走……這傢伙自從來到這個家，好像一句話都還沒說過？

我們再次走在嘰嘰作響的走廊上，來到設置了佛壇的房間。

現在是盆休，應該有機會去掃墓。不過，水斗媽媽的墳墓不在這邊，回去之後也許會另外去一趟。

「就是這裡。」

峰秋叔叔說著停下腳步，伸手去開拉門。

但就在這時，拉門自動打開了。

「啊。」

一位年輕小姐，出現在拉門的後方。

是一位戴著紅框眼鏡，個頭大約比我高出十公分的女生。應該是大學生的年紀吧？整體氣質就像是書店店員或圖書館員。

從她身上感覺到與我相近的氣息，我不禁產生一種親近感，但就在下一刻……

「這不是水斗表弟嗎～！好久不見——！」

她發出歡快的叫聲，一把緊緊抱住了水斗。

……嗯？咦！

腦袋跟不上突如其來的狀況。

第一印象的那種書店店員或圖書館員般的氛圍，瞬間消失無蹤。她喊的這一聲，反而是派對動物才會有的反應……！就像把曉月同學乘以三倍那樣，陽光系的光環都要把我的眼睛刺瞎了！

最重要的是，身體接觸也做太大了。

我還是頭一次看到有人用擁抱當成打招呼。美國人？美國人嗎？

「喔喔，是圓香啊？好久不見。」

「峰秋叔叔也是，好久不見——！」

被喚作圓香的這位小姐，繼續把水斗抱在懷裡，隨和地回答峰秋叔叔的話。

……她到底想抱著水斗抱到什麼時候？聽起來他們似乎是親戚，但是這男的最討厭別人靠近他了。更別說什麼擁抱，要是換成我這麼做，一定會遭到沉默甩開外加不予理會——

「好久不見，圓香表姊。」

說話了！

聽到他繼續被人抱住，口氣粗魯但的確說出的這句話，我驚愕地轉過頭來。

自從進到這個家裡來，他連呼吸聲都沒發出一下耶！

「咿嘻嘻，我放心了，今年還是一樣不愛理人！原本還在擔心你如果趁著上高中轉型的話該怎麼辦的說～？」

「高中不是什麼值得轉型的地方。」

「哦！夠犀利～」

還正常回話！

而且是不是還偷偷酸我！

「嗯？」

圓香（？）小姐放開水斗，視線轉向我跟媽媽。

「叔叔，這兩位難道就是……」

「喔，我來介紹。她是我的再婚對象由仁，然後是她的女兒結女。兩個都姓伊理戶。」

「妳好，我是伊理戶由仁～」

「我、我是結女。」

「哦哦～……嗯——……」

紅框眼鏡的後方，傳來某種對人品頭論足的眼光。而且不是對媽媽，是針對我。是、是怎麼了……？

「然後，這邊是……」

峰秋叔叔伸手往圓香表姊那邊比了比，說：

「我舅舅的孫子，還有孫女——跟結女應該是再從表親吧？——種里圓香，**以及種里竹真**。」

咦？

就在突然冒出第二人的名字讓我吃了一驚時，從種里圓香表姊的背後，有一顆小腦袋瓜怯怯地探出來。

乍看之下還以為是女生，但剛才有說「孫子孫女」，所以應該是男生。

大概差不多念小學高年級吧——一個線條纖細，像是把水斗變小變可愛的男生，眼睛在長長的瀏海底下四處游移。

這個男生——竹真一跟我目光對上，就咻的一下躲到姊姊背後去了。

看他這種反應——明顯是個怕生的孩子。

這次錯不了，我產生了真正的親近感。

我以前也是像他這樣，總是躲在媽媽的背後。

「啊！真不好意思。他啊，就是比較怕生～」

「不會不會——結女不久之前也都是這樣。對吧？」

「……媽，不要擅自把這種事說給別人聽啦。」

「啊，抱歉抱歉。」

為什麼做父母的總是隨口就把小孩的隱私說出去？

我繞到圓香表姊的背後，到躲在那裡的竹真面前蹲下，讓視線跟他同高。

「很高興認識你，竹真。我叫伊理戶結女，今後請多指教喔。」

我盡可能輕聲細語地說……然而竹真卻漲紅了仔細一看秀氣可愛的臉龐，一溜煙地跑到走廊的另一頭去了。

我把他嚇跑了……

「嗯——原來如此原來如此……」

圓香表姊再次用品頭論足的目光，上下打量著我。

「請問，有什麼事嗎……？」

「沒有沒有……只是覺得看得見努力的痕跡呢。」

「咦？」

「啊，對不起！我不是在取笑妳。只是我之前還在擔心，要是水斗表弟的姊妹來個辣妹該怎麼辦。不過這下我就放心了——幸好是像結女妳這樣的女生！讓我們保持良好的親戚關係吧！」

圓香表姊單方面地握住我的手。

嗯……嗯嗯——？

這是在稱讚我……對吧？

特別強調「親戚關係」也沒有其他意思，對吧？

沒有在對我做牽制吧？

「應該說結女，妳的衣服喜好是不是跟我很像啊？感覺好有共鳴喔。」

「咦……」

我重新看了看圓香表姊的穿著。

整體採用淡色調，下半身是蓬蓬的長裙。上半身是尺寸較大的長版上衣，寬鬆地紮在裙子裡稍微拉出來一點。跟之前我們買給東頭同學的屬於同一種穿搭法。

想到這裡我才第一次發現……這個女生，身材有夠好。

個頭高挑所以看起來顯得比東頭同學瘦長，但胸部恐怕跟東頭同學差不多……？

在極近距離內一看，從深V領都快看見胸溝了，使我有點心跳加速。

「的確……經妳這麼一說，是有點像。」

「就是說嘛！我從以前就喜歡這樣穿了！雖然大學的朋友說這樣有點孩子氣，但總覺得女生就是要穿出輕柔飄逸的美感嘛。結女也這麼覺得吧？」

「對……對啊。我覺得很可愛。」

不過我只是配合旁邊這男人的口味就變成這樣了。

……嗯？

我想了一想。

圓香表姊說她「從以前就喜歡這樣穿」——換言之，她早在很久以前，就都是選擇這種比較保守的名媛式穿搭。

而跟她是親戚的水斗，當然應該是從小看到大。

——然後，也希望我穿這一類的衣服。

嗯？嗯嗯嗯？？？

本來以為水斗之所以喜歡乾淨清純的穿搭，是受到輕小說或什麼的影響……難道說……真正的原因是……

「我們好像很合得來喔，真好！不是啦～因為我們家親戚都沒有年輕女生嘛。我們要好好相處喔，結女。」

「……啊，好。當然……」

對了，我有聽說過。

聽說大多數的男生，初戀對象都是近在身邊的年長大姊姊。

到了傍晚，一些親戚的叔叔嬸嬸陸續到來，家裡舉辦了宴會。

當然，主客是從今年成為家裡新的一分子的我與媽媽。

「妳跟水斗處得還好嗎？這孩子個性乖僻，一定很不好相處吧！」

「沒有啦沒有啦，其實他們意外地處得很來喔。」

「就是啊！我們也都好放心！」

這種類型的對話，已經講了大概五遍。

如今我只能一手拿著烏龍茶陪笑。

「哦哦！圓香酒量真好！」

「今年剛滿二十歲就這麼能喝啊！真的是種里家的血統！」

「沒問題，我還能喝——！」

十幾個人在那裡拚酒豪飲，未成年只有我、水斗與竹真三個人。

疏離感大到沒話說。完全跟不上那種興奮的氣氛。

酒宴都是像這樣的嗎？還是說是因為親戚聚會？兩者我都沒什麼經驗，不是很清楚……

「讓一對年輕男女住在一塊，我本來也在擔心的說。」

「都說最近的年輕人是草食系嘛。」

「小峰，這個說法已經過時了！」

「啊，是喔？」

「別客氣盡量吃喔，結女。來來，壽司還有剩！」

「好、好的……」

在越來越吵鬧的宴會裡，我只能一個勁地吃盤子裡自動增加的料理。

最後……

「——好奸詐～～！」

先是聽到一聲大叫，突然間兩團柔軟的物體壓到了我背上。

「哇！……圓、圓香表姊？」

「結女妳好詐喔～～！」

酒味好重！

從背後壓上來的圓香表姊，身體又燙臉又紅，完全就是個醉鬼。

而且，有個分量十足的東西壓在我背上！隔著胸罩都能清楚感覺到那個質量！還壓扁變形了！就算我們都是女生，還是弄得我有點心跳加速！

「水斗表弟啊～以前啊～明明完全都不肯理我的說～～為什麼這麼快就跟結女要好了～？」

「咦，真的嗎？」

「真的啊～虧我從他念幼兒園就照顧他耶——！」

坐在附近的水斗，一副完全事不關己的態度吃他的煮芋頭。

不肯理她……？但他一開始對我，好像還滿溫柔的……？

「水斗跟我們的爺爺是一個樣子。」

圓香表姊與竹真的爸爸這麼說了。年紀看起來跟峰秋叔叔差不多——大概四十幾歲。我應該怎麼稱呼他呢？

「像是沉默寡言、莫名頑固還有愛看書，都跟他很像。我看以後前途無量喔，真讓人期待。」

「喂～！怎麼對親生女兒都不期待的啊！」

「等上課不遲到了再來跟我扯這些吧，臭小子。」

「我才不是小子——！」

我偏了偏頭。

「他們家的爺爺……就是……」

「就是我們的曾祖父嘍，也是這幢宅第的前屋主。名字叫做……什麼來著～？」

「候介，種里候介。」

看起來還沒喝醉的峰秋叔叔回答了。

「外公是個一生經歷過大風大浪的人——但身為父親，我比較希望兒子的人生能過得安穩。」

「那樣很好啊，能這樣健康長大就已經值得感激了……峰秋，你已經夠努力了！真的苦了你了……！」

「謝謝……」

峰秋叔叔微微一笑，接受圓香表姊的父親為他倒酒。

媽媽在一旁，欣喜地露出柔和的笑容。

「……峰秋叔叔在水斗表弟出生後，就立刻變成了單親爸爸……」

趴在我背上的圓香表姊，有些感慨地低喃。

「雖說夏目姑婆好像有幫忙……但我想一定很不容易……」

……水斗的親生母親伊理戶河奈阿姨，原本身體就不好，聽說生下水斗後很快就過世了。

當時的峰秋叔叔，應該也才二十幾歲……那麼年輕就喪妻，還一個大男人呵護、養大了水斗。

然後，就在兒子完成了義務教育的同時，跟媽媽結婚了……

我好像懂了。

我終於知道，他們為什麼會選在這時候再婚。

知道他們為什麼連我們都沒說，猶豫到最後一刻。

又為什麼我與媽媽，受到超乎想像的歡迎……

因為峰秋叔叔的再婚，是堅強克服了人生的巨大考驗，所獲得的證明……

既然是這樣，我的心意也就更加堅決。

我——我們……

無論如何，都得守住現在的這個家。

「……爸。」

「嗯。」

一回神才發現，水斗站了起來，從峰秋叔叔的背後對他說話。

「我吃飽了。」

「好……謝謝啊。」

「那我走了。」

水斗迅速離開宴席，走出了房間。

他要去哪裡？

為什麼要跟他說「謝謝」？

「結女妳別想跑～！」

「圓、圓香表……好、好重……！」

「有沒有男朋友啊～！我看有吧～！這麼可愛怎麼可能沒有！沒有的話我來當～！」

「圓香完全成了個酒鬼呢。」

「真是龍生龍，鳳生鳳！哇哈哈哈哈……！」

「呼～……」

讓肩膀以下泡在熱水裡，終於覺得舒服多了。

我漫不經心地望著水蒸氣飄向藍色磁磚的天花板。

當然，我也有親戚，偶爾也會有機會見面。

但是，我還是第一次參加這種大家族的聚會……而且還是跟那男的一起參與，感覺有點不可思議。

……跟那傢伙交往的時候，想都沒想過有一天會跟他的這麼多親戚見面……

而且也沒聽說過他的外曾祖父曾經很有錢，更是一點都不知道他還有像圓香表姊這麼漂亮的再從表姊……

不過水斗本人還是一樣獨來獨往就是了。竟然一個人擅自溜出那場酒宴，哪有人像他那樣的？

我洗完澡後，走到檐廊這邊來看看。

因為入浴過後在檐廊吹吹晚風，不覺得很風雅嗎？

遠處隱約傳來大人們繼續宴飲的聲響。我告退之後，媽媽好像還繼續留下來喝酒。不得不說我媽媽的適應能力真強……

「咦？」

「啊……」

檐廊已經有人先到了。

竹真面對庭院坐在檐廊邊，小手拿著遊戲機。

玩電動啊……

說得也是，這個年紀的男生當然會玩電動了。我只是受了某某人的影響，才會覺得不是看書就怪怪的。

「竹真，你一個人？」

「……呃，嗯……」

哇，他第一次回我的話耶。雖然眼睛還是對著遊戲機。

我不禁高興起來，說：

「你姊姊呢？」

「還在喝酒……」

「咦咦——……這樣啊……」

不是說她才剛滿二十歲嗎？這麼年輕就能跟得上那群酒國英雄，太強了吧……

「姊、姊姊一喝醉就會跑來抱我……」

喔喔，這次還主動接續話題耶。

「所以你就溜出來了？」

「對、對啊……」

「洗過澡了嗎？」

「洗、洗過了……」

「這樣啊。那麼也許我該去叫那傢伙了……」

夏目婆婆跟我說過，洗完澡之後要跟還沒洗的人說一聲。反正那男的一定還沒洗。

「…………………」

我正在思考時，發現竹真抬頭盯著我看。

「怎麼了？」

「啊，不，沒有，沒什麼……」

竹真一邊說，一邊拖著屁股在地板上滑動，與我拉開了距離。

可能是對我有戒心吧。

好吧，這也無可厚非。忽然冒出一個女的自稱是親戚，換作是我也會有戒心。

至少要是有共通話題的話也許還能稍微解除他的心防，但他看起來好像不愛看書……

「……欸，竹真你覺得那男的——說錯，水斗哥哥看起來怎麼樣？」

於是，我決定搬出雙方都認識的人當作話題。沒辦法，誰教我沒別的選擇。

竹真眼睛提心吊膽地四處游移，說：

「咦？什麼意思……」

「比方說很溫柔，或是很可怕之類的。」

「……嗯——……這個……」

難以啟齒地猶豫了半天之後，竹真輕聲說了一句：

「……我不是很，清楚。」

「是這樣啊？」

「我很少，有機會，跟他說話……因為他，都一直待在外曾祖父的書房裡。」

外曾祖父的書房……那男的連來到親戚家裡，都窩在房間裡？

竹真好像變得有點不安，略顯焦急地說：

「……不、不過……！」

「嗯。」

「……我覺得他，還滿……帥的……」

「帥？」

竹真有些害羞地點頭。

「很有自信……應該說完全不在乎別人的眼光嗎……因、因為我都沒辦法，像他那樣……」

「……也是……」

我懂他的心情。

因為國中時期的我，也是出於同一種理由，才會受到那男的所吸引。

可是……那男的其實也並不完美。有時也會犯錯……

「……其實說起來也很正常……」

「咦？」

「啊，對不起，我自言自語。」

啊哈哈。我用笑聲糊弄過去。

「對不起喔，打擾你玩電動。」

「啊，不會……」

「那我走了——啊，再問你一個問題。」

我湊巧變得跟杉下右京一樣，轉過頭來。

「書房在哪裡？」

我還記得初次見到他的那一天。

成為同班同學的那天——大家都在忙著交朋友，只有他一個人，神色自若地沉浸在書本的世界中。

我姓「綾井」，他姓「伊理戶」。

我按照座號順序坐在窗邊最前面的位子，不知為何，就是不覺得坐在我背後默默看書的他，是個「寂寞的人」。

每當我無意間回首，他都給了我少許勇氣。

讓我覺得，一個人像這樣活著也可以。

不用硬是跟他人產生交流，彷彿融入背景之中，但仍然追尋著只屬於自己的世界——他讓我知道，這樣的人生也並無不可。

那或許只是想得到比下有餘的安心感，是一種膚淺心態的表露——但背後感覺到的那個存在，確實成為了我國中生活的心靈支柱。

只是當時我還沒想過，他對我來說會變成如此重要的存在——

竹真告訴我的書房，就在走廊的盡頭處。

那是水斗的——如今也成了我的外曾祖父，種里候介爺爺的書房。

聽說水斗一直以來，每次來到這個家就一定會窩在這個房間裡。

對耶，他本人好像也說過「都是看書殺時間」……

門是開著的。

月光射進室內，柔和地照亮書房內的空間。

這是個兩側受到巨大書櫃圍繞，有如藏書地窖般的房間。另外還有一大堆書應該是書櫃塞不下了，雜亂地堆在地板上。本來就不算寬敞的房間變得更是狹窄。

燈光只有天花板上的一顆舊電燈泡、站在書桌上的一個桌燈，以及月光。

在宛若洞窟的陰暗空間中——

——他就像與房間融為一體那樣，坐在書桌前。

就像只有這個房間，回到了幾十年前的歲月。

融入其中的水斗也給人一種錯覺，像是從戰後時期就一直坐在那裡。

我猶豫了，不知該不該出聲叫他，或是踏進書房。

因為——這裡，已經是一個完整的空間。

水斗一個人，就讓這個世界變得完整。

總覺得如果我這個外人闖進去，會毀了這個完整的世界——

——對。

伊理戶水斗，從一開始就是個完整的個體。
沒有任何空隙，能讓外人趁隙而入。
如果是這樣……
如果是這樣，那為什麼——
——你為什麼，要讓我當你的女朋友？
國中時期的那段回憶，如今恍如遙遠的夢境。
遠到讓我懷疑，他只在我面前表現的溫柔、笑容、害臊的神情……全部的一切，會不會都只是某種錯誤……
是到了現在這一刻，我才有這種想法。
成為一家人，同住一個屋簷下。又從比我認識水斗更久的親戚們那裡，聽到一些事情。
所以，我才會知道。
知道當時的他，有多麼的特別。
知道那對於他的人生，是少數例外之一，是特殊例子。
然後……就這點來說，我也一樣。
當時的我，也是格外地特別。
我們彼此，都將對方視作特別的存在。

……可是。

我得說，可是。

當時的我——沒能有機會，看到他的這副模樣。

我們不再特別，成為了普通人。

熱情似火的時期結束，變得能夠冷靜地活在現實裡。

所以，我才會——

只需刻意吸一小口氣，吐出來……就正常跨過了書房的門檻。

舊紙張的甜香，撲鼻而來。

兩側排列的無數書本，給了我近似壓迫感的感受。

這就是歷史的重量嗎……我正受到震懾時，水斗從書桌抬起頭來，轉過來看我。

「……是妳啊……幹麼？」

聽到比平時顯得低沉了些的聲音，我努力保持平靜，回想起要講的事。

「我是來……叫你去洗澡的。」

「喔……已經這麼晚了啊……」

水斗嘆息般低語，闔起放在書桌上的書。

那本書有點奇特。

看起來像是精裝書，但既沒有封面圖畫也沒做什麼裝幀設計，只粗樸地寫上了書名……我又想到也許是某種專書，但感覺好像又太薄了。可能連一百頁都沒有。

「不用夾書籤嗎？」

「不用，反正我全都記得。」

「咦？」

「這本書只能在這裡看到，所以我每年過來都會重看。」

「這本書這麼稀奇？」

房間給人的感覺的確像是能撿到價值幾十萬圓的珍本書。

我忽然害怕起來，開始小心翼翼地繞過放在腳邊的書。水斗自言自語般地對我說：

「說稀奇是很稀奇……畢竟，它是全世界僅有的一本。」

「全世界僅有一本？」

「就是所謂的自費出版……不對，它既沒有發行也沒有分送出去，所以只能說是一本手工書吧。」

水斗輕輕撫摸書桌上那本書的封面。

我繞過腳邊的書走過去，探頭往桌上看，只見封面印著陌生的書名。

「……《西伯利亞的舞姬》……？」

封面只有明體書名，連作者的名字都沒寫上。

講到「舞姬」就會想到國文課本裡一定會看到的森鷗外……但「西伯利亞」是……？

「這本薄薄的書，到底是什麼？」

「外曾祖父的自傳。」

「哦，自傳……──咦？」

「呵……這興趣還挺自戀的，對吧？」

看到我困惑的神情，水斗帶點諷刺地衝著我笑。

經他這麼一說，的確有聽過。聽說其實有滿多中高年紀的人會想自費出版自傳……

「小時候……大概是念小一的時候吧，我在這房間偶然發現了它。連作者的名字都沒有，感覺有點詭異對吧？所以我翻開看看──從此以後，每年都重讀一遍。」

「……這麼好看？」

「也還好吧。要找好看的書的話，東野圭吾之類的應該更好看吧。而且它沒標假名，當時的我看得是一頭霧水。只是……不知為何，我把它看完了。它是我有生以來，第一次靠自己的力量，看完的故事……」

第一次看完的，故事──

我也明白這種故事的意義有多重大。

以我來說，那個故事就在家裡的書櫃上。沒錯——就在當時還住在一起的，爸爸的書櫃上。

小孩子隨興拿起的那本書，雖然出於知名作家之手，但一般讀者並不把它視為傑作或代表作。如果跟狂熱粉絲以外的人講到書名，一定只會得到三個字「沒聽過」。

我會拿起那本書，是因為書名。

對還在念小學的小孩子來說，那個書名取得非常刺激。

阿嘉莎．克莉絲蒂的《謀殺成習》。

後來我才知道，那本書的另一個譯名是《美索不達米亞驚魂》。

比起同一位作家的《一個都不留》或《羅傑．艾克洛命案》，那本書既不有名也沒有精彩絕倫的機關。《謀殺成習》這個譯名，跟內容也沒多大關係。

除非是克莉絲蒂的書迷，否則一定沒幾個人知道這本書——然而這本書，卻讓年幼的我深深為密室殺人的妙趣與名偵探的魅力所吸引……

既然如此。

如同《謀殺成習》塑造了現在的我，這本《西伯利亞的舞姬》或許正是塑造了伊理戶水斗現今模樣的作品。

我在滿地書本之間的空隙跪下，跪行到水斗身邊，探頭看看放在書桌上的《西伯利亞的舞姬》。

「舞姬我知道……但西伯利亞指的是？鐵路嗎？」

「妳沒在課本或什麼地方看過嗎？」

「咦？」

「西伯利亞滯留……外曾祖父去打仗，終戰後，當了三、四年的蘇聯戰俘。」

「……戰俘……」

這個陌生的詞彙，使我一時沒能產生實際感受。

對喔……我們的外曾祖父，算起來的確是經歷過戰爭的那一代……

「那麼，這本自傳，是他在西伯利亞當戰俘時的……？」

「對。內容寫的主要是缺乏糧食險些餓死，天寒地凍險些冷死，還有強制勞動太過沉重險些累死等等。」

「都是些死裡逃生的故事呢。」

「還有同伴死在自己眼前之類的。」

「…………」

我閉上嘴巴。

我沒挨餓過，也從沒受凍到有生命危險的地步——身體覺得最累的時候，頂多就是體育課的耐力長跑。

即使在課本或課堂上有看過聽過……但那些事情聽起來，總有些像是發生在異世界的故事。

「……那麼，舞姬是？」

「就是森鷗外。」

「愛麗絲？」

「對。他用森鷗外的《舞姬》比喻在西伯利亞結識的女生。」

「總覺得……故事意外地還滿浪漫的耶。不過要是跟真正的《舞姬》結局相同就糟透了……啊，所以你該不會有俄羅斯人的血統吧？」

「……關於這部分，妳就自己閱讀做確認吧。」

「咦？」

水斗把《西伯利亞的舞姬》拿給一時措手不及的我。

「想知道書的內容就該自己看。這麼好奇的話，自己看就對了。況且就如妳所看到的，它並沒有很厚一本。」

「咦……可、可是……可以嗎？」

「有什麼不可以的？」

我怯怯地接過了《西伯利亞的舞姬》。

真的很薄。搞不好它的硬底封面都還比本文紙頁來得厚。

但是，它散發出一種奇特的氛圍。

像是執念……像是怨念……沉重得像是塞滿了凝滯鬱積的感情。

「……這本書……還有其他人，看過嗎？」

「不知道，應該沒有吧。我看到這本書時，它藏在很裡面的地方。不過應該知道有這麼一本書。」

無論是峰秋叔叔還是夏目婆婆，當然就連圓香表姊都沒看過這本——水斗的根源。

比進入書房時更強烈的畏縮感，襲向我的內心。

——我，有這個資格嗎……？

東頭同學的容顏，閃過我的腦海。

我忍不住自然而然地想到……該出現在這裡，看這本書的人，也許應該是她才對……

「……那我去洗澡了。」

水斗站起來，往走廊那邊走去。

「看不看是妳的自由……之後幫我把書放在書桌上就好。」

說完，水斗就把地板踩得軋軋作響，存在感逐漸遠去。

我在瀰漫著舊紙張氣味的書本地窖當中，手拿世上僅有一本的書，獨自陷入沉默。
也許有人，比我更有資格留在這裡。
但現實情況是——只有我一個人在這裡。
《西伯利亞的舞姬》。
我低頭看著這個書名。
回想起水斗將這本書遞給我的模樣。
這次，需要足足三次深呼吸。
我翻開了封面。

『到了人生的尾聲，回顧過往便成了生活的主要部分。我這一生雖未活得充滿恥辱，但活得充滿懊悔。其中最令我心如刀割的，是在那西伯利亞的遠地回憶。
我至今對妻子的愛仍未淡去，也毫無虛假。但在該地與她度過的時光，仍如弧光燈在我胸中發亮。
啊，西伯利亞。我的菩提樹下大街啊。
我決定寫下這個故事。如同那太田豐太郎所做過的一樣。這將是我人生最後的文學，也是懺悔。』

《西伯利亞的舞姬》以這段文字作為開頭。

太田豐太郎就是森鷗外《舞姬》的主角……他在德國留學時遇見一位名叫愛麗絲的少女並與她相戀，但最後為了保護家族名譽與自己的人生而辜負了她，在國文課本當中恐怕是最讓女生討厭的一個登場人物。

候介爺爺將自己比作豐太郎，寫下了自己的半生。

他接受雄厚金援走上菁英之路，與父母定下的未婚妻也相處融洽。但國家寄來的一張紅紙，讓他離鄉投效軍旅——

書中以不輸專業作家的精采文筆，描寫出他的人生軌跡。

被分發至滿州戰線的候介爺爺，在當地迎來了終戰。

聽從國內的指示向蘇聯軍投降後，他與同袍們分享喜悅，以為可以活著回到故鄉，與家人以及未婚妻重逢。

誰知——

『「Tokyo, domoy!」蘇聯的士兵喊著。

我興奮激動地，這樣告訴一臉詫異的同袍們。

「Domoy」是俄語的「回國」。我們可以回日本了。

我們坐上運貨車廂，期盼著往故鄉所在的東方前進。然而貨車開始行駛沒多久，我立刻就察覺到了。

列車是往西方行駛。』

夢想回到故鄉的日本士兵花了好幾個月，被送到酷寒的收容所。每天只能得到少許的發酸黑麵包或與鹽水無異的湯，被迫進行嚴苛的重度勞動。

候介爺爺運氣很好。他因為懂一點俄語而得到了通譯的職務，不用從事重度勞動。書中寫到飲食也稍微得到了改善。

但是，將蘇軍的命令轉達給日本兵的職務有時會招人怨恨，而在蘇維埃聯邦這個施行大規模監視的社會下，單單只是會講俄語就曾經使他惹上間諜的嫌疑……

不知不覺間，我的眼前，出現了西伯利亞收容所酷寒嚴苛的景象。

感覺就像在窺探他人的人生。

種里候介老先生的記憶與感情，逐漸吞沒了我自身的存在。

『我的文學志趣在遙遠異鄉仍不曾中斷。即使書籍遭到沒收，內容我都記在腦子裡了。只要默背那些內容，就能讓我親近豐富的故事與令人懷念的文辭。

當我這麼做的時候，與我志同道合之人會過來聆聽，我們也曾高談闊論。不只是同鄉之人，異鄉的人們也有愛好文學之心。

偉大的杜斯妥也夫斯基啊，你真正地聯繫了人們的心。』

彷彿在風雪中生火取暖，嚴苛的生活中也有光輝。

最強烈的光輝，就是西伯利亞的舞姬。

一位名叫愛蓮娜的女性。

書上說她是蘇聯官吏的女兒，與候介爺爺在文學上興趣相投而認識。候介爺爺成為了她的家庭教師教她日語，跟父親同樣是文學愛好者的愛蓮娜女士，就這樣漸漸與他心靈相通……

他們的情況，讓我不禁聯想到自己與水斗。

毀滅的序曲。

注定離別的相遇。

因為，故事一開始就提到了。

候介爺爺，在故鄉有位未婚妻——

『在我們文學同好之間，有許多人嚴詞批判《舞姬》的主角太田豐太郎意志薄弱。豐太郎一生走在家人、國家與他人安排的道路上，卻在異鄉遇見愛麗絲，愛上她，第一次走上了不同的道路。然而，這個男人沒有克服逆境的勇氣，抓住朋友伸出的援手不放，就這樣逼瘋了心愛的愛麗絲。

有無數的意見批評他連一名女子都保護不了，算不上男人。

然而，他的人生，他的心態，讓我強烈地感同身受。每當我與愛蓮娜交談，每當我凝望她的笑容，父親那嚴厲的神情總是浮現在我的腦海。他要我光耀門楣，要我報效國家。我一次也沒有懷疑過這些教誨。

無論我與愛蓮娜如何地心靈契合，我無法想像自己忤逆父親之言留在蘇聯的模樣。假如那一刻到來，我是否會像豐太郎一樣害得心愛之人發瘋？這令我害怕得不得了。』

後來時光荏苒，候介爺爺必須開始對抗收容所裡稱為「民主運動」的思想運動。民主運動只是虛有其名，實質上似乎是蘇聯對俘虜灌輸共產主義思想的洗腦手法，由於老朋友對此做出反抗，因此候介爺爺也必須給予支持。

候介爺爺的同袍除了必須進行嚴苛的重度勞動，在收容所內又受人欺凌。疲勞、飢餓、酷寒，再加上精神疲憊同時來襲——

『我沒能幫助朋友。朋友幫助過我好幾次，我卻沒能報答這些恩情。朋友到死都沒有責怪我。朋友的眼中反映出遠在他方的故鄉。』

這部分的文章字跡變得相當紊亂。就好像把候介爺爺紛亂如麻的心，直接下筆寫成文字一樣。

在西伯利亞度過了長達三年的戰俘生活，終於有望遣返日本了。

愛蓮娜父女此時已與候介爺爺有了深交，便勸他留在蘇聯。說是會為他安排職位，問他有沒有意願與愛蓮娜結婚。

候介爺爺的選擇，與他自己過去想像的一樣。

他沒有勇氣為了一時的戀情拋棄故鄉。無法遺忘家園、祖國與未婚妻。

聽到他這麼說，愛蓮娜女士柔和地微笑，這麼說了：

『「請你一定要幸福。」

她用我教她的日語，如此告訴我。』

候介爺爺如此描述當時轉身離開愛蓮娜時，他心中的想法。

『儘管笑我意志薄弱吧。想責怪我不配做個日本男兒就責怪吧。即使如此，我還是得將當時的真實心情記載於此。』

『我多麼希望妳能挽留我啊。』

……這就是最後一段文字了。

我打開最後一頁，注視著這段文字良久。

——滴答。

水滴滴在老舊的紙上。

「……啊……」

我急忙擦擦眼睛。

不知道有多久……沒有在閱讀時掉眼淚了……

不知是因為這是真人真事，或者因為這是水斗的——我的外曾祖父的故事……

這麼舊的書，弄濕了不曉得會不會怎樣？我想把它擦乾，低頭看著書頁時，發現到一件事。

書頁上還有另一個淚痕。

……這本書已經裝訂成冊。所以，應該另有一份種里候介老先生的親筆原稿。

所以這個淚痕，是這本書的讀者——除了我以外的唯一一個讀者，落下的眼淚……

霎時間，我產生了幻視。

彷彿看見在這陰暗又滿是灰塵的書房裡……一個小男孩，翻開這本書哭泣。

我從沒看過那男的為了書中情節落淚。

即使如此……那的確是過去，曾經存在過的光景。

天花板上的白熾燈——弧光燈——徒然地亮得耀眼的書房，能夠遠遠聽見大人們飲酒作樂的聲音。

好似只有這間書房，隔絕於世界之外。
好似只有自己一個人，區隔於世界之外。
啊——

他，一直都活在這個世界裡。

「……妳還在這裡啊。」
在月光照射下，一道長影從門口伸進了書房裡。
「好歹拉門拉一下吧。就算是夏天也會著涼的。」
水斗口氣傻眼地說，用習慣的腳步走進雜亂的書房裡。
他看到書桌上攤開擺著的《西伯利亞的舞姬》，挑了一下眉毛。
「那本書……妳該不會整本看完了吧？」
我緩緩點頭。
「……是喔……」
水斗一聽，嘆息般地這麼說，就不再開口了。
瀰漫著舊書氣味的房間裡，飄過一陣沉默。

耳朵裡，什麼都聽不見。

我滿腦子都是曾經待在這個房間裡的男孩，以及此時在我眼前的男人。

所以我……決定問個至今想都沒想到要問的問題。

「欸……你有寫過小說嗎？」

「嗄？」

這個沒頭沒腦的問題讓水斗顯得困惑，我繼續說：

「我有……在小學的時候，寫過像是抄襲阿嘉莎．克莉絲蒂的推理小說。文章爛到不能看，故事與詭計，也全都是從別處抄來的——可是，那篇小說裡，滿滿的都是我喜歡的東西。滿滿的都是『我』。」

所以，我到現在還留著。

搬家的時候也帶了過來。

那個讓人看到太丟臉了，連我自己都不想重讀一遍……但就是不想扔掉。

「欸，**水斗**。」

霎時間，他眼睛略微睜大開來。

「我……也想看看你寫的小說。」

水斗半張著嘴，不規則地呼氣，說：

「妳剛才……直呼了……我的名字……」

「我們是兄弟姊妹啊，很正常吧？」

我笑著開他玩笑。

至今我都是在心裡這麼叫他。

在媽媽他們面前互相稱呼時，也都有保持禮貌。

但是，我現在想叫他「水斗」。

想一遍又一遍地呼喚。

以免你從我面前消失。

以免我從你面前消失。

好讓你和我，我和你——能夠互相挽留。

「讓我看看嘛，水斗。我的也會給你看的。」

水斗像是想掩飾什麼般別開目光，說：

「……有機會的話。」

「多久我都等。」

因為我們到死，一定都會是兄弟姊妹。

「水……」

我拿著休閒墊的邊緣，聲音卡在喉嚨裡出不來。

伊理戶水斗人就站在我對面。他拿著休閒墊的另一邊，等著我下指示，準備在滿地小石頭的河邊做個臨時休息區。

水──繼弟詫異地皺眉，說：

「怎麼了？」

「沒有……那個……水斗──同學，就鋪在這邊好嗎？」

「……？嗯，可以啊。」

我們把休閒墊鋪在滿是小石頭的地上，用大小剛好的石頭壓住四角不讓它亂跑。

叫……叫不出口……

昨晚明明那麼簡單，但過了一段時間後，我又沒辦法直呼他的名字了！

為什麼？難道說昨晚我只是有點太興奮？本來還以為接觸到這傢伙的過去，縮短了我們作為一家人的距離了。

話又說回來，你怎麼都不叫我的名字啊！

我正在不講理地氣得發抖的時候，聽見水聲淙淙的那一頭有人在說話。

「下去看看吧，竹真。水流得很慢，不用怕。」

「嗯，好……」

「要小心河底的石頭喔——」

「我會的……」

圓香表姊與竹真把水踩得啪啪響，確認河水的流速。

我們來到了種里家附近的河川。

河川水聲淙淙，清風吹拂，樹葉靜謐的窸窣聲讓人心情暢快。雖然豔陽當頭，但可能因為在水邊的關係，不會覺得很熱。真是個舒適的避暑勝地。

聽說種里家在親戚聚會時，都會在這條河邊烤肉。真是服了這個陽光系家族，不過家裡附近就有這麼好的地點，會想烤個肉也是很合理的。

我們比長輩們提前來到河邊玩水。峰秋叔叔還拜託我，把一不注意就成天賴在那間書房不走的水斗帶到外頭來。

帶他出來的時候還好。來到這裡的一路上也沒事。可是，半路上我就發現了。發現昨晚

才剛決定好的稱呼方式，我又不敢叫了。

「好。」

水斗把隨身物品（裡面有毛巾以及急救箱）放到攤開的休閒墊上，就迫不及待地脫掉涼鞋，在旁邊盤腿坐下。

然後從隨身物品裡拿出文庫本，放在休閒海灘褲上打開來看。

「……你不管到哪裡，都是一個樣子呢。」

「很榮幸能獲得您的讚美。」

真羨慕他這種我行我素的個性。也不懂得體諒我的心情。

……早知道的話，也許我也該帶書過來？

「結女，妳塗好防曬與防蟲了嗎？」

原本在照顧竹真的圓香表姊回來了。

「啊，我現在才要塗。」

「ＯＫ～妳皮膚這麼美，要認真塗喔。我也來塗吧。」

圓香表姊穿著涼鞋跪到休閒墊上，從隨身物品裡拿出防曬乳。

然後在墊子邊緣坐下，刷的一聲拉開了帽Ｔ式水母衣的拉鍊。

從中出現了成熟的黑色比基尼。

沒有多餘裝飾或花紋的素色布料，覆蓋住豐滿堅挺的胸部。下面的腰肢也有著緊實曲線，胸部與腰臀形成了一個完美的沙漏。

圓香表姊由於長得比較文靜秀氣，更是襯托出了黑色比基尼的妖豔。

圓香表姊一邊把乳液擠在手上塗手臂，一邊抬頭看我，「咿嘻」笑了一聲。

「如何？我對身材可是很有自信的。」

「嗯……真的很漂亮。」

「哎喲，就這樣？無論是男生還是女生，看到我的胸部大多都會更興奮耶。」

「啊——……其實我有個朋友胸部更大……」

「咦！真假？所以是G以上？難道是H！把她介紹給我認識！我想揉！」

「不可以。就算是同性也構成性騷擾了。」

「怎麼這樣！小氣——！」

看到圓香表姊真的噘起嘴唇，我笑了。曉月同學也是，這些人為什麼都這麼想摸豐滿的胸部？圓香表姊明明自己就夠大了——而且她說「G以上」，這就表示圓香表姊是F罩杯了……難怪會想穿黑色比基尼。

我瞄一眼就在旁邊的水斗。

還是一樣眼睛對著書本——看起來像是這樣。

——有看？還是沒看？

是根本就對圓香表姊的泳裝沒興趣，還是看了一眼就迅速別開目光……？

我想起昨晚，在LINE上與曉月同學的對話。

談話過程中有了個機會，於是我試著問了這個問題：

〈妳知道川波同學的初戀對象是誰嗎？〉

男生一般的初戀對象，都會是什麼樣的人？我只是好奇大家都是怎麼想的，沒別的意思。

曉月同學立刻回答：

〈我。〉

〈好啦，是是是。〉

〈先別急嘛，我只是故意耍笨！不要一副謝謝發糖的反應啦！〉

〈所以，到底是誰？〉

〈好像是幼兒園的老師喔。〉

〈順便問一下，曉月同學的初戀是？〉

〈無可奉告。〉

原來是川波同學啊……

曉月同學竟然還以為自己瞞得很好，沒想到她還滿迷糊的——也有可能是只有講到關於川波同學的事會變笨。真是種神奇的生態。

總之，看來果然都會喜歡年長的女生。

不過也是啦，小孩子身邊十個有八個年紀都比自己大，從機率而論，喜歡上大姊姊的人當然比較多。可是以水斗來說，身邊的女生就只有圓香表姊這個親戚……畢竟他連媽媽都沒有……

嗚——心裡好不痛快。

因為如果只有我的初戀對象是他，感覺豈不像是我輸了？

好吧，是無所謂啦？誰在乎水斗情竇初開的對象是誰？跟我一點關係都沒有！

「來，結女，防曬乳。」

「啊，謝謝。」

噗咻——！圓香表姊一邊把防蟲噴霧噴在腿上，一邊把防曬乳拿給我。

我接過來，暫時脫掉涼鞋踩到休閒墊上。

然後找位子坐。

在不算太大的休閒墊上，已經坐著水斗與圓香表姊兩個人了。沒太多空間可供選擇——

——於是不得已，我坐到了水斗的身邊。

我也跟圓香表姊一樣，泳裝外面披著水母衣。

這樣只有腿塗得到乳液，因此極其理所當然地，我把水母衣的拉鍊往下拉。

穿在裡面的，當然是之前跟水斗一起去買的白底花朵圖案泳裝。

上半身是比基尼，但下半身是裙子。我最暴露只能穿到這樣了。

我一邊若無其事地把乳液擠在手上，一邊偷看身旁的水斗。

或許只能說果不其然，視線對著手上的書。

……雖然看起來滿不在乎，但他在我買下泳裝的時候看起來滿有興趣的。這傢伙很能察覺到別人的視線，也有可能是迅速別開了目光。

或者是買的時候看過了，所以已經沒興趣了……？

啊──煩耶！猜都猜不透！

「唔喔，哇哈！」

圓香表姊脫口發出奇怪的歡呼聲。

「結女，妳好瘦喔……這腰是怎麼回事？裡面真的有裝內臟嗎？」

「有、有啦……只是缺乏肌肉而已。」

「才怪啦，羨慕死人了好不好～雖然人家也常說我很瘦，不過像妳這麼苗條，胸部也會顯大呢。」

我馬上用手臂擋住胸部，圓香表姊笑著說：「我沒有要揉啦。」

「泳裝也好可愛喔。妳自己挑的？」

「呃——算是吧……」

「算是吧？……哦——？」

圓香表姊話中有話地翹起嘴角，整個人靠過來對我耳語：

「（男朋友？）」

「（不是！……我們不是那種關係……）」

「（是～嗎～所以還不是那種關係就對了～？）」

「（不是，與其說還不是……）」

或許該說「已經不是了」。

我反射性地往身旁的水斗瞥了一眼。

「咦？」

圓香表姊睜圓了眼，急忙摀住嘴巴。眼睛望著水斗。

啊……！慘了！

「（咦，咦，咦，真的？真的是那樣嗎！）」

「（不、不是不是不是！不對不對！）」

「（這麼慌張反而更可疑喔～）」

「（真的不是那樣……！請不要再逼問我了……！）」

「（那就當作是妳說的那樣好嘍～）」

圓香表姊兩眼發亮，臉上浮現鄙俗的賊笑。

會、會不會怎樣啊……我是覺得她不會去告訴媽媽他們，可是……

「（奇怪？可是昨天，由仁表嬸說水斗表弟有個很要好的女生……咦？該不會水斗表弟其實很受女生歡迎……？）」

照這樣子看來，圓香表姊對水斗完全沒有那個意思。雖然說就算有也不關我的事就是了。

……應該說媽媽，妳會不會洩漏太多我們的隱私了？

「結女今年去過海邊了嗎？」

我正在仔細塗抹防曬乳時，圓香表姊忽然換了話題。

「沒有……跟朋友有聊到，但還是沒去。」

「咦～？為什麼沒去啊～？」

「……那個朋友說，去海邊會被搭訕所以不行。」

「喔喔～真正的好朋友呢，護花使者喔。特地跑去玩卻被煩人的傢伙糾纏不休，真的會很掃興呢～」

圓香表姊講得理所當然。明明外表散發的氣質就像書店店員或圖書館員一樣文靜乖巧，原來有被搭訕過啊……

不過也是啦，這種身材穿著黑色比基尼或許是會被搭訕。

「那這件泳裝也只能穿來河邊嘍。好可惜喔。」

「可是，在很多人面前穿泳裝，不會有點害羞嗎……？」

「我可以理解，但我個人還好。反而應該說都特地挑了可愛的款式，總是會想秀給大家看嘛？」

「……也不是不能理解。」

「結女也是，身材這麼好長得又可愛，至少給朋友看一下嘛！來拍照吧，拍照！」

「什、什麼～……？」

的確，泳裝我只穿給水斗看過。可是，也沒必要特地拍照吧……

我還在困惑時，圓香表姊已經開始擅自翻找我的隨身物品，「就是這個。」拿出了我的手機。太、太霸道了吧……

「來，那就用這個自拍——不，等等喔……」

就在我不好意思強硬拒絕時，圓香表姊像個頑皮小孩般笑著說：

「水～斗～表弟！抱歉在你忙的時候打擾——！幫她拍個照好嗎——？」

她把我的手機，拿給了正在看書的水斗。

「……咦！」

我一時沒來得及反應。

拍、拍個照好嗎？拍什麼啊！為什麼啊！

水斗慢吞吞地抬起頭，看看拿給他的我的手機，以及圓香表姊笑咪咪的臉。

不，沒關係。水斗那種人不可能會放下正在看的書幫這種忙——

「……知道了。」

咦！

水斗闔起書本，從圓香表姊手中接過我的手機。

我跟他講話時他都懶得理我……！為什麼對圓香表姊就不會……！

「謝啦！啊，可是密碼——」

對，我的手機有設定密碼。只要不告訴他們就——

「……哼。」

水斗鼻子輕哼一聲，連觸四下，毫不猶豫地輸入了四位數的數字。

螢幕變亮了。

「你、你怎麼知道我的密碼！」

「不知道，妳猜啊。大概是因為妳很單純吧。」

密碼的確是這男人也知道的數字，但萬萬沒想到他第一個就輸入那個……

「……嗯嘻嘻，善哉善哉。那麼，你們倆都站起來～」

圓香表姊一邊詭異地賊笑，一邊叫我們站起來。

水斗對著我，把手機舉到眼前。

「對對，結女要看鏡頭。姿勢嘛……雖然正常比個V也行，不過妳先把手揹在背後看看！」

咦？為什麼連姿勢都被指定？

我沒機會質疑，只能唯唯諾諾地抬眼望著手機鏡頭，把手揹在背後。

……水斗的眼睛，對著手機的螢幕。

透過鏡頭，盯著穿泳裝的我瞧。

從黑漆漆的冰冷鏡頭，似乎能感受到活生生的視線，讓我全身發癢。

這、這個感覺很害羞耶……

「……跟上次正好相反呢。」

水斗輕聲低喃了。

上次？跟這次正好相反，就是我幫水斗拍照——

啊，他是說水族館約會那天的事。

我想起我以及川波同學精心規劃的家教風戴眼鏡型男照，還保存在我的手機裡。

我、我現在，就跟他那時一樣……？

「哦！這個表情不錯喔！機會快門！」

喀嚓！快門聲響起，嚇得我肩膀一抖。

剛、剛剛的被拍了？我剛才徹底鬆懈耶！

水斗放下手機，盯著螢幕老半天。

「如何？如何？給我看給我看！」

被圓香表姊央求，水斗把螢幕拿給她看。

「哦哦！這可真是……」

我也湊過去看螢幕，就看到一個把手揹在背後，身體前傾，臉頰微紅地抬眼望著鏡頭的穿泳裝女生。

…………這個，好像有點……

「咿嘻嘻……」圓香表姊詭異地笑著，說了：

「拍出了完美的『曖昧照』呢，結女！」

啊、啊啊啊～！

這個視角、表情、姿勢，一整個就是「讓男朋友幫我拍」的感覺……！

「不是，這樣不行吧！幹麼一定要這樣耍心機啊！」

「因為好像很好玩啊？」

「什麼很好玩！」

做事沒理由！陽光系就是這樣！

「沒關係啦沒關係啦，晚點再跟大家坦白說『是哥哥幫我拍的～☆』就好啦。朋友都會瘋狂猜測到底是誰，結女也可以沉浸在優越感之中，這就叫做雙贏……咦？你們倆誰比較大？」

「我是姊姊。」

「我是哥哥。」

我與水斗馬上回答，弄得圓香表姊哈哈大笑。

這張照片，要怎麼辦呢……我並沒有想沉浸在優越感裡啊。

「不用想得那麼複雜，就跟上傳到Instagram一樣啊？跟朋友分享回憶也是很重要的喔～？」

圓香表姊這麼說完，就把手機還給我了。

跟朋友分享回憶啊……

被她這麼一說，就覺得好像沒什麼不對。

可是，丟到跟班上同學的聊天群組未免有點……要是引起奇怪的謠言就麻煩了。要上傳的話，得傳到更不容易外流的地方……

經過一番考慮，我決定把照片丟到跟曉月同學還有東頭同學的群組。

〈Ｙｕｍｅ：找回童心在河邊玩水。〉

不到一分鐘就顯示已讀了。

等了一會之後得到回覆：

〈曉月☆：真巧～！我現在也在游泳池～！〉

咦，游泳池？跟大家一起去？難道說，我被排擠了……？

但沒憂心多久，曉月同學也傳了照片過來。

是穿著黃色泳裝的曉月同學。

上半身做了荷葉邊，是一件很可愛的泳裝……可是這個荷葉邊，八成是用來修飾胸圍的……

她左手拿著冰品，右手比出Ｖ字。一副盡情享受夏日樂趣的模樣。

會不會是因為不想讓我被搭訕，所以就丟下我一個人去玩了？——就在我多少感到有點沮喪時，猛然發現到一件事。

鏡頭的位置相當高。

從曉月同學的個頭來說，形成俯拍構圖並不奇怪。但就算是這樣，也太高了一點吧？拍照者與曉月同學的身高，感覺好像差了三十公分左右。

更確鑿的證據是——有個黑影，落在背景拍到的泳池邊。

我知道這個髮梢故意抓翹的髮型。

這是——真正的那種照片。

我即刻擷取了螢幕畫面，緊接著……

〈曉月☆已收回訊息。〉

〈曉月☆：對不起，傳錯。〉

現在才發現已經太遲了。

〈Ｙｕｍｅ：不好意思我已經擷取畫面了。〉

〈曉月☆：咦？〉

〈Ｙｕｍｅ：別擔心，我不會跟班上同學說的。〉

〈曉月☆：不是，等一下……〉

〈Ｙｕｍｅ：抱歉打擾到你們了。別在意，在泳池玩得開心點喔！〉

〈曉月☆：真的等一下，不是妳想的那樣。〉

不是這樣，那是怎樣呢～？

跟男生兩個人去游泳池，不是約會是什麼呢～？

「……妳在賊笑什麼啊，很噁耶。」

「呵呵呵。你看一下這個。」

我想分享共同朋友的進展，於是把肩膀靠到水斗旁邊，讓他看手機螢幕。上面顯示出我擷取的曉月同學照片。

水斗似乎也立刻就看出了照片裡隱藏的祕密。

「……喔。」

「什麼嘛，就這點反應？」

「他們倆變成什麼關係，關我什麼事？」

「再多表示一點關心啦，大家都是朋友啊。」

「那是他在講。」

啊……不知不覺間，我已經能正常跟他說話了。可是意外地沒什麼機會叫他名字……

這時，我忘了一件非常重要的事情。

我與曉月同學上傳照片的聊天群組，還有另一個成員。

登愣一聲，畫面上方顯示了通知。

我幾乎是直覺反應地，肩膀靠著水斗，就點擊了通知。

ＬＩＮＥ的畫面顯示出來。

那張圖片出現了。

是穿著學校泳裝的東頭同學。

「…………」

「…………」

我以及看著同一個畫面的水斗，都無言地停住了動作。

現在請大家回想起一件事。

我們念的高中豈止游泳課，連游泳池都沒有。

換言之——根本就不會有學校泳裝。

那麼照片中的東頭同學穿的，自然就是國中的那一件。

一整個緊貼在身上。

本身發育就好的東頭同學一旦穿起往年的學校泳裝，會很緊是當然的。下半身布料陷進臀肉裡看起來非常不得了，上半身則是豐滿的胸部呼之欲出。豈止如此，不知是因為害羞或是泳裝太緊讓東頭同學臉蛋泛紅，眼角微微噙淚還拚命伸長了手臂自拍——

〈曉月☆：東頭同學，妳幹麼忽然丟來一張H圖啊。〉

嗯……怎麼看都是那種用途的圖片。

〈伊邪那美：不是在舉辦曖昧泳裝照錦標賽嗎？〉

〈曉月☆：我不記得有開辦過這種比賽。是說這張照片的曖昧點在哪裡？〉

〈伊邪那美：我想把手機放在書櫃上拍照，可是角度都調不好，結果只好用手拿。妳們怎麼都這麼會拍？〉

對不起，東頭同學……我們其實是叫男生拍的……

看到水斗視線離開手機，以手扶額長嘆一口氣，我怯怯地問：

「……應該告訴她嗎？」

「……那當然了。」

我下定決心之後打了訊息。

〈Yume：對不起，東頭同學。〉

〈Yume：被水斗看到了。〉

〈伊邪那美已收回訊息。〉

彷彿可以看到東頭同學在自己的房間裡尖叫。

真的很對不起。

3 - B
東 頭

放在鐵網上的肉，香氣誘人地滋滋作響。

同樣的聲響從各處形成多重奏，河邊頃刻間充滿了挑逗食欲的香味。

「哪塊烤好了就拿去吃喔——！」

夏目婆婆不斷地把肉串放到鐵網上。聽說她已經快七十歲了，卻好像比我更有活力。

我本來以為會是小規模的烤肉聚會，沒想到種里家的叔叔們開車載來的烤肉工具組，總共有六組之多。

到底是從哪裡帶過來的……該不會原本就收在倉庫之類的地方吧？

「夏目姑婆有個朋友是開露營區的，聽說租借有優惠喔。」

圓香表姊一邊張嘴吃肉，一邊告訴我。

「不愧是過去的當地名士呢——真希望我將來也能嫁個有錢老公——」

「圓香～講這種話，Mikado會哭喔！」

「開玩笑的啦，開玩笑！咿嘻嘻！」

Mikado？

我正偏頭不解時，圓香表姊「啊」了一聲，往某處看去。

「竹真～看你吃得滿嘴～」

「呼欸？」

原來是在圓香表姊身邊大口吃肉的竹真，嘴巴周圍沾滿了醬汁。

「很髒耶，真是～呃——面紙面紙……」

「啊，我有帶手帕。」

我從水母衣的口袋拿出手帕，在竹真面前跪下，幫他擦嘴巴。竹真睜大了眼睛，乖乖讓我擦。

嗯嗯，乖孩子乖孩子。

要是換成水斗的話，應該會把手帕推還給我，隨便用手臂擦擦吧。

「好嘍，乾淨了。」

「……嗚……啊……」

竹真嘴巴裡好像在咕噥些什麼，圓香表姊咧嘴露出詭異的笑。

「竹真～怎麼不跟結女姊姊說謝謝呢～？」

「啊！……謝謝……姊姊……」

「嗯，不客氣。」

「嗚啊……！」

我笑容可掬地回答，竹真卻紅著臉躲到圓香表姊的背後去了。

……我還是覺得，他好像在躲我？

可是我有了一個跟水斗完全不像的可愛弟弟，很高興的說……

「咿嘻嘻，結女妳也真是造孽呢～」

「遭捏？」

我覺得我沒做什麼事要被捏啊。

「唉——竹真好可憐喔。好吧，這也是一種經驗啦。」

圓香表姊莫名其妙地喃喃自語了一句別有深意的話，接著望向不同的方向。

「結女，妳怎麼不去陪陪水斗？」

圓香表姊的視線，對著坐在休閒墊上不動的水斗。

「怎麼這麼突然……為什麼要我去陪他？」

「以往都是我去纏著他，但他總是委婉地拒絕我呢～」

真佩服她能笑著說自己被人家拒絕……

水斗眼睛依然對著書，沒有半點要參加烤肉活動的意願。種里家的親戚們，也沒有要強迫水斗參與的樣子。

那已經變成他的固定位置了。

大家都知道，他就是那種個性。

「嗯——真沒辦法。」

圓香表姊忽然走向烤肉架，把一些肉與蔬菜裝進紙盤。

原來不只酒量好，還那麼會吃啊。體型明明那麼苗條……難道說，那就是大家在討論的「營養都吃到胸部去了」的類型？

正在這樣想的時候，「來，拿去。」圓香表姊把堆滿了肉與蔬菜的盤子拿給了我。

「咦？……呃，我自己有……」

我舉起還有肉的盤子，但她說：

「不是不是。這是給水斗的。」

「咦！」

「幫我拿去給他好嗎？」

咿嘻嘻。圓香表姊又露出了詭異笑容。

……我看她一定還在誤會吧？

但我跟水斗，真的不是那種關係——反而還互相厭惡。

「好了好了，快點～要涼掉了要涼掉了。」

「……好吧。」

話雖如此，硬是堅持拒絕會顯得更可疑。

我乖乖接過盤子，往水斗坐著的休閒墊走去。

時值傍晚，晚霞也慢慢覆蓋了天空。在河邊擴展的森林樹影，受到來自側面的陽光照射而伸長，從四面包圍著休閒墊。

我對著在這當中，動也不動地看著文庫本的水斗說：

「水……」

本來想叫他，卻再次心生猶豫。

好難為情……應該說，總覺得還有點叫不習慣。

要是換成圓香表姊，一定不會這樣猶豫不決……

想到這裡，我有了一個點子。

我調整嗓音，盡可能開朗地——模仿圓香表姊，對水斗說話。

「水～斗～同學！」

「好嗯。」

看都不看我一眼就送來這兩個字。

看樣子他光聽腳步聲，就知道是誰過來了。

當然，我一點也不覺得高興。

我脫掉涼鞋，在水斗身旁坐下。

「這是你的。」

我把盤子拿給他，這次他看了一眼，但沒有要放下書本的樣子。

「你不吃嗎？」

「要吃，只是……」

看到水斗翻開的書，左手邊的書頁已經變薄了不少，我猜到他的意思了。

一定是看到劇情高潮了吧。那當然會想晚點再吃東西了。

這樣的話……

「咿嘻。」

「…………？」

水斗對我投來狐疑的眼神。糟糕，我被圓香表姊的笑聲傳染了。

我從水斗的盤子裡，用筷子夾起一片肉。

「嘴巴張開。」

「嗄？」

「啊～」

大人們的笑聲從不遠處傳來。

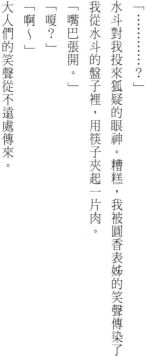

水斗的眼睛，介意地往那邊瞄了一眼。

「不會怎樣啦，這麼暗他們看不到。」

「不，問題不在這裡吧……」

「那問題在哪裡？」

「這……」

「嘿。」

「唔咕！」

我趁著他嘴巴張開的破綻把肉塞進去。

水斗鼓著嘴巴動了動，咀嚼那片肉。等咕嘟一聲嚥下去後，水斗用抗議的目光瞪我。

「喂！很危──」

「哎呀真是的，看你吃得滿嘴～」

「唔咕唔咕唔咕！」

我立刻用準備好的手帕幫水斗擦了嘴巴。

等完全擦乾淨後，「呵呵呵。」我淡淡一笑。

「你只要閉上嘴巴，就跟竹真一樣可愛呢。」

「……那妳就去照顧竹真啊。」

「還好嗎？姊姊被搶走會不會讓你吃醋？」

「好嗯。」

我忍不住吃吃竊笑。

這個平常總是惹人厭的男人，似乎只要換個方式對待就能變成可愛的弟弟。

不知是看到了一個段落，還是怕我再來「嘴巴張開」那套，水斗闔起書本放到旁邊，從我手上搶走了盤子與筷子。

我坐在旁邊，望著開始把肉與蔬菜一併往嘴裡塞的前男友兼繼弟。

「……欸，水——」

嗯唔。

討厭！為什麼就是叫不出口！

水斗一邊咀嚼食物一邊看著我，說：

「妳今天都叫我『水』呢。這小名還真新奇。」

「你……你發現了？」

「當然啦……虧我都做好最壞的打算了，以為妳從今天就會開始直呼我的名字。」

……也就是說如同叫人的一方需要做好心理準備，被叫的一方也要有心理準備是吧。

「……你也直呼我的名字一次看看嘛。」

「為什麼啊？」

「只有我直呼你的名字，兩邊不平衡嘛。」

「誰理妳啊。是妳自己要叫的。」

「這樣好嗎？如果只有我直呼你的名字，你卻加上敬稱，誰看了都會覺得我是姊姊喔？」

「……唔！妳這卑鄙小人……」

我沒理會水斗輸了還嘴硬，結果他不甘心地歪著嘴唇，說：

「……結──」

「結？」

「…………………」

「好新奇的小名喔。」

「要妳管！」

水斗語氣強硬地說，咬了一大口馬鈴薯。

他是在害臊？……或者……

是依依不捨？

捨不得如今已經不存在的「綾井」這個姓氏。

——早安，綾井。

——那本書妳看了嗎，綾井？

——我喜歡妳，綾井。

——綾井。

我不知聽過多少次，他那溫柔的聲調。

那是一去不復返的，初戀的殘像。

有種酸楚直衝內心。這我承認，但是……正因為如此，我更不能停留在回憶裡。

不能緊抓著眷戀的事物不放。

我和他，同樣都是「伊理戶」——並沒有結婚，只是繼兄弟姊妹。

過去的情侶關係不過是枝微末節。

因為，這才是我們現在的一切。

「對了，我說啊，那個規定最近是不是都沒用到？」

「喔……就是那個做出繼兄弟姊妹不該有的行為時，要受罰的那個？」

「我們都習慣了呢，搞不好以後用不到了。」

「……很難說吧。我覺得今天可能會用到。」

「咦？」

水斗望著潺潺小溪，口氣粗魯地接著說：

「盯著妳穿泳裝的模樣看個不停，不是兄弟會做的事吧。」

……啊。喔——……

原來如此，的確。

嗯？

「你……你為什麼，要特地，跟我……說這個？」

「因為妳很難搞……放心了嗎？這下知道我為什麼不看妳的泳裝了吧。」

「……豬頭。」

我把臉別開，不去看壞心眼地翹起嘴角的水斗。

我要是說我放心了，那才是牴觸了規定吧。

「總之呢，那個規定還是好好繼續維持下去吧，特別是待在這裡的期間。畢竟這裡有太多不能穿幫的對象了。」

「也是……或許的確是這樣。」

我瞥去一眼，只見水斗手上的盤子已經空了。

而水斗的眼睛，看著空無一物的盤子。

「……還沒飽？要再去拿嗎？」

「……也是。」

水斗一邊回得不乾不脆，一邊瞥一眼我手上的東西，說：

「妳也順便去拿一點吧。」

「咦？我不用——」

「妳還想再變得更瘦嗎？多吃點啦。」

聽到這種莫名強硬的口吻，我忽然弄懂了。

他是不想一個人去。

我咧嘴一笑，抓準機會告訴他：

「只要你叫我的名字，我就聽你的。」

「……唔……」

水斗歪扭著臉頰，眼睛一時轉向他處……

然後不情不願地站起來，一邊低頭看著坐在地上的我，一邊表情嚴肅地伸出手來。

「走吧，**結女**。」

「……欸？」

我不禁發出肺部漏氣般的聲音。

背脊一陣酥癢，不知為何讓我很想逃走。

水斗低頭看著我，「哼。」彎著嘴巴嗤之以鼻。

「好，妳輸了。」

「……咦？」

「走吧，老妹。」

「什……啊……」

這、這男的～～～！

非得要這樣耍帥才能叫我的名字，你才是違規吧！

「……知道了啦，哥哥！」

「呵。」

以前被我叫做哥哥都還會動搖，現在卻顯得無動於衷。

我握住水斗的手，站起來。

我大概再也沒機會叫他「伊理戶同學」了。

他大概也沒機會叫我「綾井」了。

我們已經擺脫回憶的殘像。

斬斷名為眷戀的醜陋情感，接受了現在的自己。

……應該是這樣才對。

可是。

我一邊走向我們的親戚那邊，一邊心想。

可是，為什麼——我會想再握著這隻手一會兒呢？

「鄉下的夜路很危險的，回去路上小心啊～」

到了烤肉聚會解散的時候，夕陽已經快要下山。

眺望著一片火紅的田園風景，以及化為漆黑影子的鐵塔，我與水斗走在沒有行車的縣道上。

沒有其他人在。

雖然有幾位親戚開車過來，但是讓年紀大的長輩們、玩累睡著的竹真以及陪著他的圓香表姊坐上去，座位就滿了。

所以我們兩個還有體力的年輕人，就變成走路回家。

水斗走在我前面帶路。

大概隔了三大步的距離吧。

我也沒多想就維持著這個距離，沒走在他身旁，踏過夕照下的水泥路。

「真的什麼都沒有呢。」

我一邊往旁望去，一邊說了。

雖然各處可以看到幾戶像是住家的建築，但其他就只有旱田、稻田以及拉起電線的鐵塔。山區出現這些鐵塊照理來講應該很不自然，卻不可思議地與景觀融為一體。

水斗頭也不回就說：

「我從來不會覺得不方便。反正才五天，看看書就過去了。」

「……欸，我想問你——」

為了把說到一半吞回去的話說出口，我加快腳步，縮短了一步距離。

「——你討厭這些親戚嗎？」

剩下兩步。

水斗變得離我更近了些，但還是沒回過頭來。

「我沒有討厭他們。」

聲調很平淡。

「坦白講——我並不在乎他們。」

「好過分！」

「沒辦法，我跟他們不熟。他們都是種里那邊的人，又是舅公又是什麼的，我連怎麼叫他們都搞不清楚。坦白講，有很多人我連長相跟名字都連不起來。」

「……那圓香表姊呢？你們年齡不是很相近嗎？圓香表姊還說她從小就在照顧你。」

「…………………」

不知為何，水斗停頓了很久才回答。

「……的確，我也記得她常常關心我。就我的記憶……第一次來到這裡，大概是念幼兒園的時候吧。所以說她那時候，還只是小學生啊……」

小時候，所有比自己年長的人看起來都像大人。

本來以為是個可靠的大姊姊，現在回想起來只是個孩子，或許讓他感慨良深吧……

如果是這樣——對水斗來說，圓香表姊或許就像母親。

才剛出生就失去母親的水斗，也許只有圓香表姊，能讓他感受到一點母愛……

「……欸。」

我吞了吞口水。

不知怎地，喉嚨一陣乾渴。

「只是隨便問問——」

這需要一點勇氣。

想知道與不想知道的心情相互衝突。

但是，我——已經擺脫眷戀之情了。
我再次加快腳步，縮短了一步距離。
「——你的初戀，是什麼樣的人？」
剩下一步。
只要伸手就能碰到的距離。
水斗還是沒回頭。
「呵。」帶點懷念之情地，笑了。

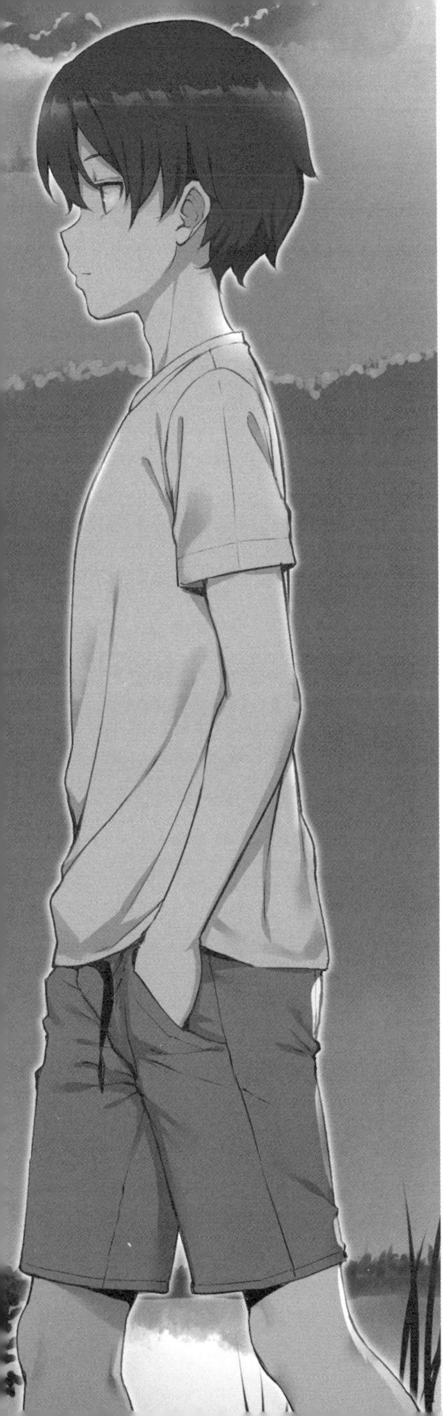

「印象中，是個愛笑的人。」

咿嘻嘻。

很有特色的笑聲，彷彿在耳朵深處響起。

「……這樣啊。」

還記得嗎，伊理戶結女？

天下無雙的土氣女，小孩看到都不敢哭的冷漠態度。

過去那個全天下，最不適合笑容兩個字的自己。

原來是這樣啊。

你果然——曾經喜歡過圓香表姊。

一步，兩步，距離拉開了。

夕陽已沉沒了一半。

搖擺不定的黃昏過去，黑夜不久就要降臨。

這實在是一件令人毛骨悚然的事實，就是我在國三的一段時期，曾經有過所謂的女朋友。

說歸說，其實那傢伙是我的青梅竹馬，開始交往也不過就是那種關係的進一步發展。

真要說的話，想想就知道了吧。

隔壁就住著一個跟我像兄弟姊妹一樣一起長大，跟我爸媽也認識的女人耶？想帶女生回家都得怕東怕西的。

所以，怎麼說才好……那只是刪去法啦。

我打從一開始，就只能選擇那個空前絕後的地雷女——天生這個命，就這麼簡單。

或者，假如我們不是青梅竹馬的話。

假如只是鄰居的話。

或許就不用迎接那種爛爆了的結局——但現在說這些都太遲了。

現實情況是，那女的跟我很親近，而我也沒能棄她於不顧。

我？

碰到現在這種狀況，我實在很氣自己莫名地愛照顧人的天性——你說是吧，小學時候的

忘記那是小學幾年級的事了。雖然記得不是很清楚，總之我跟曉曉——曉月一起去過游泳池。監護人是誰來著？大概是我跟那傢伙的爸媽，來了其中一個吧。

不是去玩水的。我們有我們嚴肅的理由。

就是讓曉月學會游泳。

曉月現在雖是個運動神經過人，像是吃了肌肉果實似的一身體育能力的人種，但很意外的是她以前不會游泳。為了因應暑假期間即將舉行的游泳檢定，慈祥如佛祖又萬能如天神的我，就想到可以給可憐的青梅竹馬做個特訓。

我先下水，向怯怯地探頭望著水面的曉月伸出手去。

——來，抓著我就不用怕了。

——嗯……

曉月輕輕牽著我的手，慢慢把腳伸進水裡。

她還有過這種態度優良的時期咧，真令我感動。換成現在的話大概會踩著我的臉跳進泳

池吧。

——腳踩得到底嗎？

——嗯，不要緊……

看到同年齡的女生抓著我囁嚅著這樣說，肉體精神兩方面都很卑微的我，自尊心想必得到了大大的滿足吧。真是恭喜你啊。也不知道你這種無藥可救的自尊需求造成了多可怕的狀況！

我牽著曉月的手，先慢慢讓她練習把頭放到水裡。我當時明明還是個小學死小鬼卻這麼了解步驟，是因為用平板電腦臨時抱過了佛腳。也就是說我雖然還是個小鬼，但也挺認真面對此事的。

——不用怕喔～放輕鬆放輕鬆～

但是，小鬼就是小鬼。專注力的數值太低了。

我一邊牽著曉月的手讓她練習踢水，注意力卻已經轉向他處。

呀啊——一陣尖叫之後，撲通！大量水花飛得滿天。

成人池那邊的大型水上溜滑梯，一時奪去了我的目光。

而曉月也沒傻到沒發現我的表情。

——小小……你就去玩啊，沒關係。

她抬起濕濕的臉看著我，

——我可以一個人練習踢水……

——……妳很笨耶。

我重新握緊曉月的手，立刻就說了。

——水上溜滑梯一個人玩根本就不好玩。妳趕快學會游泳，我們再一起去就行啦。

——……啊……

曉月抬頭看著我的臉，眼睛左右游移，然後整個人連下巴都沉到了水裡。

——……謝謝……

——不用謝啦。這是我該做的啊！

結果光靠那一天，並不足以讓曉月學會游泳。

我跟她一起洗澡時讓她練習把頭放到水裡，游泳的時候也陪她練習，到了暑假的最後，

她總算可以游個十公尺了。

所以，我在那個夏天，沒能去滑水上溜滑梯。

其實心裡超想去滑的。

可是……那時候，就算我丟下曉月去玩……可以肯定的是，一定也只會覺得很無聊。

◆

從宇治車站出發往太陽之丘的公車上人擠人。曉月利用她的矮個子給自己撈到了走道旁的座位，我只能在她旁邊抓住桿子，承受著沙丁魚罐頭般的壓迫感。

「……這位同學，可以請妳讓座位給我嗎？」

我對著一臉安然自得的南曉月投出我能說的最大酸話後，曉月對我露出了更酸溜溜的笑臉。

「對不起喔～只有體格還算不錯的川波同學。憑你這種完全只是練好看的假肌肉，一定站得有點累吧？」

「……不愧是沒東西需要支撐卻還練什麼胸肌的傢伙，講話真有道理。」

「有啦！每天都需要支撐啦！支撐軟綿綿又搖來搖去的東西！」

真可憐。大概就像是某種幻肢痛吧。

就這樣，我跟這女的——不共戴天的宿敵兼不才青梅竹馬・南曉月一起跟著擁擠的公車搖晃，不外乎是為了去玩。

像個學生。

像過暑假。

像一對年輕男女。

驚人的是，我們正要前往游泳池。

伊理戶家那兩個回鄉下去了，我變得閒閒沒事做，所以呢，只好用這種方式來打發時間。當然不是我提的。是我在家裡盡力逃避暑假作業時，曉月突然來約我。

——天氣好熱，我要去游泳池。你來幫我擋搭訕。

我直接告訴她：「誰會跟妳這種小不點搭訕啊。」被她一腳踢過來，不過反正我也想轉換心情，跟這傢伙出門也不用有所顧慮。

最重要的是，暑假的游泳池有很多情侶。

於是，我決定陪她一起去。

其實她約我的時候，我以為她另外還有找幾個人一起去，孰料竟是只有我們倆的泳池約會。

……哈！還約會咧。

從我或這傢伙的嘴裡說出來，聽起來真是虛偽得可以。

我迅速換好泳裝後，在通往女子更衣室的走道口發呆等曉月。

接連出現的泳裝女生真是耀眼。我雖然因為國中時期的心理創傷導致一有女生對我好就會生病，但並未因此就失去性慾。

不過當然，跟比起猴子沒好到哪去的國中時期相比，現在已經鎮定多了。即使如此，看到走路時胸前波濤洶湧的女生經過眼前，還是不免做出驚嘆的反應。

旁邊還有其他像是正在等女朋友的男生，反應也都跟我差不多。只是如果目不轉睛大飽眼福會被當成可疑人物，所以都假裝不在乎就是了。

在這當中——出現了一個完全不吸引目光的女人。

一個綁馬尾的小不點，藏身在給勁（死語）又漂漂（死語）的辣妹美眉（瀕死）之中搖頭晃腦地走出來。她穿著黃色系比基尼，脖子上再掛著用防水袋裝好的手機。

那傢伙一看到我，就不慌不忙、悠閒自在地走了過來。只有走路姿勢還算能看。

「久等了。」

「完全沒在等。光看泳裝情侶就夠消磨時間了。」

「噁爛，去死啦。」

曉月一邊罵我罵得非常難聽，一邊像是心有期待般抬頭看我的臉。

我不是伊理戶水斗，知道這種時候該說什麼話。

曉月的泳裝有種少女系的氣質，覆蓋胸部的抹胸式泳裝點綴著滿滿的荷葉邊。也就是用

荷葉邊來修飾不足的曲線，讓整體輪廓更好看。

下半身也附有裙襬般的飄逸布料但相當短，毫不吝惜地露出健康的大腿。看來這位小姐對自己的美腿很有自信。

總評一句話。

「掩飾得不錯嘛。」

「掩飾什麼你給我說清楚！」

「噁欸欸——！」

曉月飛快伸出短短的手臂勒我脖子。投降投降，投降！妳這怪力矮冬瓜！

所幸曉月馬上就放開了我的脖子，「哼！」鼻子哼了一聲轉向一旁……但是……瞄我一眼，又瞄我兩眼。

她眼睛頻頻瞥來，偷看我的胸膛部位。

「幹麼啊？終於連我的胸部都開始羨慕了？」

「羨慕你個頭啦！……沒什麼，只是奇怪你怎麼不玩社團。」

「哈哈～原來是被我日以繼夜健身練出的肌肉迷倒啦。」

雖然上了高中後完全沒在運動，但身為男人，最低限度的肌肉算是修養的一部分。可惜伊理戶那傢伙不肯練點肌肉，否則一定會變成超級大帥哥。

不過嘛，這女的應該早就看我的身體看膩了。

正在這樣想的時候，曉月表情一變，抬頭盯著我的臉看——

「——所以，我說被你迷倒沒關係就對了？」

用像是鬧彆扭的語氣，這樣說了。

我感覺到體內開始醞釀起某種濃重的前兆，說：

「……不行，饒了我吧……」

穿泳裝要是起蕁麻疹，遮都沒得遮。

「那就請你不要講這些沒營養的話。」

曉月說「我們走吧」就往泳池走去。

……可惡，這不會有點奸詐嗎？她只不過是稍微說實話稱讚我一下，竟然就能變成致命傷。

我覺得難以釋懷，變得很想報復一下。

「喂。」

「幹麼？」

對著晃動馬尾頭轉過頭來的曉月，我說：

「我覺得妳這件泳裝超可愛的。」

「……嗄……」

曉月一瞬間，張著嘴巴僵住了。

但她隨即把臉轉回前方……

「…………是喔。」

如此小聲低語。

……啊——我錯了。

我輕輕摩娑左臂。

——這樣做的結果，會讓我也受到打擊。

「嗯……欸，我還要。」

「妳……行嗎？」

「我可以的……再用力一點……這樣完全，嗯……不覺得舒服……」

「是妳說的喔？準備接招吧……」

於是，我把體重壓到貼在曉月背後的手上。

讓伸長了腿的曉月，上半身頓時大幅貼近地面。

「嗚哇！好軟喔——妳該不會是章魚吧？」

「哼哼，體操社的女生也稱讚我呢——好痛痛痛痛痛！過頭了過頭了！」

看到曉月發出慘叫連連拍打地面，我滿意地把手從她背上拿開。呵，這是報復妳平常對我的欺凌。

曉月撐起上半身，抬眼盯著我的臉看，說：

「喝！」

「哦？」

她突然用力扯我的手，把我拉倒到了地上。

然後跨坐到趴在地上的我背上。

「你也得認真做一下準備操才行呢。」

「不，這與其說是做體操——嗚哦啊啊啊啊啊！」

我被她從背後拉扯手臂，被迫做出海蝦式後仰。

肌肉意外結實的大腿緊緊扣住我的腰，使我無計脫身。痛死了痛死了痛死了！背部都在啪嘰啵嘰響了！

「好，再一遍——嗯？」

隨著登愣一聲，酷刑結束了。

我回頭看看是怎麼回事，只見曉月正在看從防水袋拿出來的手機。有人傳ＬＩＮＥ嗎？

「哦，是結女！嘿嘿，嘿嘿嘿嘿……」

「好噁！——哎喲！」

她面帶笑容往我後腦杓拍了一下。妳可以整天說我噁，我就不行喔！

「——嗚！」

忽然間，曉月屏息了。

她把眼睛睜得超大，湊近手機螢幕盯著瞧。

身體就像沒酒喝的酒精成癮者，簌簌抖個不停。

「怎麼了？是誤傳伊理戶家那兩個的接吻照給妳了嗎？」

我半帶期待地這麼說，不過大概不太可能。那兩人才不可能做出那種情侶檔Youtuber似的行為。

曉月顫聲喃喃自語：

「泳……泳裝……這泳裝……」

「啊？是綁帶快鬆掉了嗎？」

我在曉月的兩腿之間轉身向上，用仰臥起坐的方式坐起來，越過曉月的肩膀往她背後看。無論是脖子後面的繩結還是抹胸的釦子，看起來都沒問題。

我正覺得不解時，曉月開始在我的懷裡抱頭哀叫。

「啊，啊啊啊……怎麼辦，我該怎麼回覆……怎麼想都只想得到噁爛的回應啦……！」

「我聽不太懂，但跟她說妳現在在幹麼就好啦。」

「就是這個！」

「哦哇！」

曉月把我一把推開，很快地站起來，拋下「你在這裡等我一下！」這句話就不知跑哪去了。

等了她幾分鐘後……

曉月回來了，手上不知為何拿著冰品。應該是薄荷巧克力口味。

「幹麼忽然買冰？是說我的份呢？」

「表現得像是正在健康享受夏天樂趣啊……沒你的份。」

沒必要特地表現，本來不就在享受夏天樂趣嗎……也是啦，誰教她的存在本身就不健康。

曉月拿下掛在脖子上的手機防水袋，硬是塞給我。

「幫我拍！可愛一點！」

「那也得要被攝對象可愛才行吧。」

「那我就變可愛！現在就變！」

曉月做出宣言後，把冰品拿到臉的旁邊，另一邊則比出V字，臉上浮現燦爛的笑容。

……該怎麼說呢？真虧她能說變就變。跟剛才那個激動得鼻子噴氣的傢伙簡直判若兩人。

「可不可愛？」

「……啊——好啦好啦。很可愛很可愛。」

「說真話！」

「很～可～愛～啦！」

再鬧下去就變拷問了。

雖然搞不懂是什麼情況，總之趕快把事情做一做吧。我舉起了手機。

我用俯拍角度讓曉月進入視角，啪嚓一聲拍了張照片。

「好啦，這樣行了嗎？」

「…………算你及格！上傳！」

曉月連按幾下我還給她的手機，「呼——……」喘口氣之後舔了口冰品。

「這下子今天，我的現充女高中生形象又守住了……」

「嗄？（笑）」

「笑屁啊你。」

她一邊小口舔冰品一邊企圖攻擊我的小腿前側要害，我有驚無險地躲過。不是啊，誰教妳說什麼現充女高中生（笑）。真正的現充女高中生現在早就在跟男朋友恩愛了啦（笑）。

……嗯？男朋友？？

我忽然間感到有點在意，回想起剛才拍的照片。

「……我說啊，剛才那張照片，已經傳給伊理戶同學了對吧？」

「對啊，怎麼了？」

「這樣好嗎？」

「你指什麼？」

「那張照片的角度擺明了是男人拍的，而且我的影子也照進去了。」

「………………」

啪滋。吃到一半的薄荷巧克力冰掉到地上了。

曉月失去表情靜止了幾秒——然後開始狂按手機。

「剛才的不算剛才的不算剛才的不算剛才的不算————啊啊啊————！」

曉月冷不防雙腿一軟跪到地上。真是個毛毛躁躁的傢伙。幸好我們是在人聲鼎沸的游泳池，否則早就被警衛抓走了。

「……妳怎麼可以這樣啦，結女～……」

「怎麼了？」

「我刪掉照片了，可是她已經擷圖了……」

算妳狠，伊理戶同學。竟然二話不說就扣押了證據。

「你為什麼能這麼鎮定啊？」

「又不會怎樣，我們兩個人一起來泳池是事實啊。對朋友不該撒謊吧？」

「……被人家以為你跟我交往，不會讓你覺得很討厭嗎？」

「當然討厭啦，豬腦袋……不過，也沒討厭到需要撒謊啦。」

「…………是喔……」

總覺得怪難為情的。也不知道為什麼，我不禁別開了目光。

學習集訓的時候我們雖然把很多事情一吐為快，但並沒有復合。我的好感過敏症還沒好，而且如果有人問我喜不喜歡曉月，我也答不上來。就好像我的心中，已經失去了戀愛的概念一樣。

即使如此，我們的確是青梅竹馬。這我已經不想否認了。

「——噗呼！」

曉月看著手機，忽然噴笑出來。

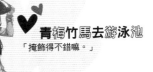

「怎麼了？」

「你不准看！」

我不假思索地探頭想看畫面，曉月急忙把手機貼在胸前藏好。也是啦，這樣不禮貌。

「東頭同學這是在幹麼啦……啊哈哈！」

看來是那個小三巨乳女，又在天然呆耍笨了。她開心就好。

這傢伙以前比較容易被排擠，是到了國中才開始會交朋友。大概是到了那個時期，才終於懂得用豁達的心態跟別人來往吧。也就是學會了廣而不深，只是表面要好的交友關係。

但是，一旦對某人敞開心胸就會深陷其中，難以自拔地依賴對方的個性還是沒改過來——而我就是因為沒察覺到這點，才會遇到那種鳥事……

不過看樣子她跟伊理戶同學還有東頭那傢伙，距離感掌握得還不錯。

雖說在跟伊理戶同學相處上還有些相當危險的行為，需要繼續保持警戒，但比起國中時期已經進步很多了。

如果能照這樣繼續改過自新，不要再妨礙伊理戶家那兩個發展感情就更好了。那兩人目前去了鄉下，曉月無從插手，但願他們能趁這段時間有點進展——

「……嗯嗯……？」

曉月滑了一會兒手機後，詫異地皺起了眉頭。

「欸，川波。」

「幹麼，南？」

「……結女她以前，都是叫伊理戶同學的名字嗎？」

「嗄啊？這還用說嗎？既然他們同姓——」

……等等喔？

對耶，她好像都是叫伊理戶「那傢伙」或是「老弟」……

「……喂，她這樣叫他嗎？直呼他的名字！」

「我去跟結女碰個面……！」

「誰會讓妳去啊！是說妳又不知道她在哪裡！」

「我～就～是～要～去！」

看來離完全改過自新還早得很。

「…………呼哈啊啊啊啊啊…………」

我躺成大字形，感受到照在身上的陽光把身上的水氣曬乾。

曉月以發洩壓力為由硬要我跟她比游泳，才剛來沒多久就把我累死了。在一般游泳池游

得像競泳一樣快是趕著投胎啊？

至於曉月，則是一身水亮的肌膚，把手指伸進泳裝的屁股部位調整位置，看起來精神好得很。真是體力妖怪一隻。

「呼——口好渴喔——去買點飲料喝好了～」

「順便幫我買……」

「嗄啊～？叫我一個人去？你是忘了你來這裡的任務嗎？」

「不就是想拿我當沙包打好玩的嗎……？」

「擋、搭、訕！」

「喔……的確值得擔心……」

「嗯？怎麼態度忽然變好？」

「只要想到這個風光明媚的泳池，即將被泡妞男的鮮血染紅……」

「擔心一下我啦！」

曉月一面輕踢我的側腹部一腳，一面問：「你想喝什麼？」於是我回答：「可樂。」

「知道啦。」曉月說完，就去找商店或自動販賣機了。

真是夠了。我撐起上半身。

總不至於真的有戀童癖來跟長得像國中生的女人搭訕吧。就算有，那傢伙也有辦法迴避，或者是直接把對方踹飛。這要是換成伊理戶同學或東頭那傢伙的話我就會擔心了。特別是東頭……憑那傢伙的身材要是來到游泳池，肯定會吸睛到不行……

就在我一邊欣賞泳池裡嬉鬧的情侶，一邊努力恢復體力時……

「欸，你一個人啊？」

我聽見有人這樣說。

啊——開始了開始了。也是啦，夏季的游泳池當然會有泡妞行為——我本來是這麼想的，但這似乎是女生的聲音？

我不解地轉過頭去，看到兩個身穿性感泳裝的大姊姊站在一起。

而且彎腰俯身，湊過來看坐在地上的我的臉。

……哦哦？

「你沒跟朋友一起啊？好稀奇喔。」

「我們也是只有兩個人，正覺得有點寂寞呢～」

好像故意秀給我看似的，足足四個渾圓飽滿的果實垂在我眼前。一個是黑頭髮加白皙皮膚，另一個是茶色頭髮並且有點曬黑。兩人都有著健康緊實的身材，用超省布料的泳裝遮起某個女人所沒有的沙漏型曲線。

這……這該不會是……

我倒抽一口氣，為了避免誤會的可能性，向兩位大姊姊詢問：

「妳……妳們是在跟我說話嗎……？」

「對啦對啦，就是在跟你說話。」

「說得直接一點，就是泡男人吧？啊哈哈！」

泡男人！原來這是真實存在的……？

就連我也沒遇過這種狀況。就在我不知該如何反應時，兩位大姊姊已經在我兩側坐下，斬斷了我的退路。

「欸，仔細看看，你體格很健美喔？」

「是精壯型的呢。有在運動嗎？」

兩位大姊姊從兩側散發好聞的香氣，最後甚至開始輕觸我的肩膀或手臂。

「沒……沒有……只是有在健身……」

「哦——！是努力的成果呢。」

「好不容易練得這麼壯，一個人來游泳池不覺得很可惜嗎？……跟我們一起找樂子嘛。」

褐髮黑肉的大姊姊在我耳邊呢喃，柔嫩的胸部隨即壓到我的上臂。

同時，就好像串通好了似的，黑髮白肉的大姊姊挽住我的手臂，也把豐滿的胸部往我身上按。

哦啊，哦啊啊啊啊！

完……完全一副想睡我的樣子……！打定了主意要跟純真高中生來段夏日回憶！

我如果是個普通的男高中生，一定已經順水推舟撿便宜了。很快我就會傻呼呼地被帶到陌生的房間，度過一段美夢般的時光。

但是，我沒那個本事。

「……嗚……」

一股寒意竄過全身上下，胃裡一陣噁心。

從身旁兩側依偎著我的兩位大姊姊香氣襲人的誘惑，逐漸挖開並加重我的舊傷。

「欸，好不好嘛？一定會很好玩的。」

「我們會幫你出錢的——至少互相留一下聯絡方式嘛？」

……這個，真的很難熬……

自從變成這種體質以來，曾經有幾個女生對我示好……但是，都沒有這次來得厲害……

我連正常答話都辦不到……

程度嚴重到讓我開始後悔不該這麼注重儀容。早知道會碰到這種事，就穿成土氣又不顯眼，沒有任何人會想多看我一眼的樣子了……

該死……我得想辦法拒絕……再這樣下去，我就要把胃裡的午飯吐得一地了……

「那邊好像有溜滑梯喔，要不要一起去滑？」

「好點子——！走吧走吧——」

「——你在幹麼？」

就在兩位大姊姊即將擅自做出決定時，一個小不隆咚的女生背對著太陽現身了。

雙手分別拿著瓶裝與罐裝可樂的人，正是南曉月。

兩位大姊姊眼睛眨啊眨的，注視著這個低頭冷眼看我的女人。

「呃……」

「……你妹妹？」

聽到這個極其正常的反應，曉月橫眉豎眼地直說：

「我是他女朋友，有意見嗎？」

中間隔了幾秒鐘。

可能是需要時間去理解吧，過了半晌，兩位大姊姊終於迅速遠離我的身邊。

「什麼嘛，真是！根本就不是一個人嘛！」

「他沒說是跟女朋友一起來的，不然我們早就離開了！真的真的！」

然後兩位大姊姊就一面對曉月說些「對不起喔——！」「我們馬上離開！」「男朋友好帥喔！」之類的道歉兼打圓場，一面匆匆離去了。「啊——真的好糗喔——！」「他完全是我的菜的說——！」之類的聲音消失在喧囂中。

「…………」

「…………」

剩下我與曉月，互相注視了一段時間。

總之……好像是得救了。

寒意與反胃感慢慢得到好轉。等到終於能正常講話了，我開口說：

「不好意思……謝——」

「我那是亂掰的。」

「嗄？」

曉月一面撇下意味不明的一句話，一面到我旁邊——剛才被兩位大姊姊占據的位置一屁股坐下。

「我說我是你女朋友，那只是亂掰的。我可沒有到現在還自認為是你女友，請你不用擔心。」

她一邊口氣粗魯地說，「嗯。」一邊把罐裝可樂拿給我。

我接過來的同時，唇邊不禁露出一絲微笑。

「我啊……」

「怎樣？」

「我決定不再跟妳以外的女生一起玩了。」

「欸啊啊？」

曉月不小心發出破音的怪叫，差點沒翻白眼。

「咦，嗄？什，啥麼？什、什麼意思？」

「沒辦法啊，除了妳之外，沒有女生願意對我冷淡又跟我混了。」

「啊……喔，是這個意思啊……」

「萬一要是被人告白，我真的不知道自己會病成怎樣。」

我拉開罐裝可樂的拉環，把甜味汽水灌進喉嚨裡。它幫我完全沖掉了寒意與反胃感。

曉月抱著膝蓋，半睜著眼斜瞪我。

「聽了就煩。你以為你是萬人迷啊。」

「事實上我就是有女人緣啊。妳剛才也看到了。」

「那只是因為人家看你是容易上鉤的處男啦。」

「我真是罪孽深重啊，連熟女都喜歡我。等我明年變成學長，還得多防著學妹哩。」

「隨你怎麼說吧，自戀狂。」

曉月轉開自己那瓶可樂的瓶蓋，喝一口汽水。

記得她以前，明明不喝碳酸飲料的。

游泳也是，交際力也是，神經病的部分也是……我由衷佩服這傢伙的成長能力。

總有一天，也許被拋下的會是我……

「妳可別拋棄我喔，搭訕避雷針。」

「……明明就看巨乳看得色瞇瞇的。」

「誰跟妳色瞇瞇的啊！妳沒看到我臉色發青嗎！」

雖然發生了一些狀況，總之後來就正常開心玩水了。

用游泳圈順著泳池的水流漂來漂去，或是用水中摔角一決勝負——而且，我們還兩個人一起滑了水上溜滑梯。

以前陪她練游泳時彼此相差無幾的體格，如今拉開了一大段差距。在溜滑梯的起點一前一後地坐下，曉月的身體就剛剛好收進了我的兩腿之間。

「很怕妳會從滑水道飛出去耶，妳太輕了。」

「不要故意嚇我啦！」

曉月把我的手拉到自己的腹部前面……低喃著說：

「……要把我抓好喔。」

「遵命。」

或許多虧我有按照要求抓緊曉月的平坦小腹，她並沒有飛向遙遠高空，平安順利地滑到了最底下。

就這樣，總算是得以一償小學時期的夙願了。

——無奈事情沒就此結束，成為一段美好回憶。

「欸，聽我說……你看一下那個，那個！」

「嗯？哪個啊——靠！」

在傍晚準備回家，前往淋浴間時，我皺起了臉孔。

才在心想沒人排隊真幸運……誰知有一群糟糕的人從泳池那邊走來了。

是班上同學。

我對他們有印象。討厭的是，他們似乎是幾個男生女生揪團一起來玩。

要是被那群傢伙看到我跟曉月兩個人在一起，會發生什麼事？

不用說也知道。學習集訓時的那一套會再度上演，這次真的會一發不可收拾。

「慘了……！快躲起來！」

我雖然說過沒丟臉到需要撒謊隱瞞，但那只限於願意適可而止的對象。看樣子那幫人也正要來淋浴間，一直線地往我們這邊走來。得找地方……得找地方躲起來才行……！

「趕快躲進哪裡就行了吧！這邊！」

「哦哦？」

我還在遲疑時，曉月拉了我的手。

正不知道她要去哪裡時，曉月打開無人淋浴間的門，把我往裡頭推。

然後，自己也跟著進來。

啪答。

門即刻關上，「呼。」曉月呼一口氣。

「好險……」

「（不是，這個狀況才叫危險吧！）」

我忍不住小聲吐槽。

我們兩個人，一起擠在跟更衣室一樣窄的密室。房間大小讓我們幾乎只能抱在一起，想動一下都有困難。

「（要、要不然怎麼辦嘛！我又想不到其他辦法！）」

「（妳不會進別間淋浴間喔！還有空著的啊！）」

「（啊！）」

「（白痴耶！）」

這時，門外傳來吱吱喳喳的說話聲，我們住口了。

我背靠著從門口看來最後面的牆壁，曉月把臉頰貼在我的胸膛上抱住我。一憋住呼吸，就換成自己的心跳聲吵鬧起來。把臉靠在我胸前的曉月，不可能沒發現我的悸動明顯變快。

「（淋……淋浴。把水龍頭轉開。）」

「（喔，對……）」

的確，待在淋浴間不淋浴很奇怪。我伸手到背後轉開水龍頭，當頭澆下的熱水發出嘩啦啦啦的水聲，稍許蓋過了心跳聲。

原本半乾的身體，再次被熱水淋濕。

我看見曉月的馬尾貼在她的頸項上。同樣地，我摟著她細腰的手指，也漸漸吸附在她的肌膚上。從以前就是這樣。我只要緊擁這傢伙，就會覺得她好嬌小、纖瘦，讓我想保護她。但我如果使力，卻會發現她比想像中更堅強，能穩穩地回抱住我……

「欸欸，你看上哪一個？」「什麼啊？我沒那個意思啦。」

聲音就在門外，我不禁渾身僵硬。摟著腰的手臂加重了力道，讓彼此淋濕的肌膚更加密合。「啊……」曉月不禁輕呼一聲。

「耍什麼酷啊！不是說了要在暑假期間把到女友嗎？」「說是說過啦，但又覺得好像不用那麼急……」「唔哇——這傢伙怕了！」

一點點聲音，有淋浴聲幫我們蓋掉。但我因為害怕，就抓住曉月的頭往自己胸前按，以免她發出聲音。曉月嚇了一跳，手稍微動來動去掙扎了一下……但很快就安分下來，把手臂繞到我的背後。

我的左腿滑進曉月的兩腿之間，曉月變成像是坐在我大腿上的姿勢。大腿無可避免地感覺出與男生的明確差異，但我立刻把它從意識中驅離。在這種狀況下，我可不能讓曉月發現到我與女生的明確差異。

拜託你們快進淋浴間好嗎？這樣我們才能出去啊……！

我心裡如此祈求時，其中一個聲音說：「對了。」

「說到淋浴間啊，在A漫裡，大多都被情侶拿來做色色的事對不對？」

我們嚇得身體一跳。

我、我們才沒有在做色色的事！好歹會看地點好嗎！

「喂，白痴啊！裡面有人啦！」「不好意思——！這傢伙在耍蠢！」

在我的臂彎裡，曉月不安分地扭動身子。我不想看她的臉。現在要是一看，後果大概會很慘。

我沒多餘精神回話，不過那些聲音一邊哈哈大笑，似乎一邊各自進入了淋浴間。

我稍微觀望了一下……摟著腰的手一放鬆的瞬間，曉月將我一把推開，讓身體遠離了我。

很正常的反應……雖說是一時情急，但我的確不小心擁抱了她。以前交往的時候也就算了，現在我跟她已經分手——而且還是我甩了她，更不該做這種事。

在淋浴熱水升騰的熱氣中，曉月背靠著門，頭有點低低的。我正打算老實道歉，但她搶先說：

「（……對、對不起……）」

曉月把淋濕的馬尾拉到唇邊，藏起了表情。

「（再這樣下去……我會忍不住……！）」

她細聲低喃後，靜靜地開門，就留下我自己出去了。

嘩啦啦——只有淋浴聲落入耳中。

……忍不住。

忍不住什麼？

「……嗚噁……」

我仰望天花板張開嘴巴，用淋浴水仔細地漱了口。

幹麼搶我台詞啦，妳這混帳！

◆

回去的路上，氣氛當然變得很尷尬。

「…………」

「…………」

我們在公車上也沒坐對方旁邊，而是一前一後地坐下。

雙方沒有任何對話，幾十分鐘之間，只是傾聽著人群喧囂。

本來以為會在這種僵硬的氣氛下說再見……然而，人類總是敵不過生理現象。

我們轉搭電車，一坐到座位上的瞬間，曉月就開始打瞌睡了。

我剛才就發現她在昏昏欲睡地揉眼睛，看來終於撐不住了。也是啦，像她剛才游泳游得那麼急，當然會累到想睡覺了。

我本來想去坐在她對面的座位，這時改變了想法。

我在曉月身旁坐下，說：

「肩膀借妳靠啦。」

曉月沒看我就說：

「嗯……謝謝你，小小……」

用軟綿綿的聲音如此說完，就把頭靠到了我肩膀上。

耳邊很快就聽見了細微鼾聲。

……唉。我真氣自己這種莫名其妙愛照顧人的天性。

要不是跟著她去游泳池，也不用背負起這些累人的事了。今天本來可以過得和平又懶散的。

可是，哎，我猜……

比起那樣……今天陪這個需要人照顧的青梅竹馬玩，一定比較開心。

——看樣子，我搞半天……

恐怕也還是無法棄這女的於不顧。

據說念國中才情竇初開，以社會一般標準而論算慢。

像是讀幼兒園的時候喜歡上老師，或是小學的時候喜歡上同年級的同學，或者是——一回神才發現自己在暗戀某個親戚。

據說大多數人都是這樣，都上國中了連單戀都沒戀過，而且初戀就忽然修成正果的人，屬於極少數族群。

……好吧，其中當然也有女生在上高一之前連戀愛心情的戀字都不認識。

那種人屬於例外。

一般人都會在迎接青春期之前，對戀愛的心情有所自覺。

假如是這樣——那麼伊理戶水斗，在喜歡上我之前，說不定也曾喜歡過別人。

……我知道我很小心眼。

這既不是背叛也不是外遇，更何況跟現在的我根本毫無關係。

可是——可是。

我曾經做過美夢。

從國二暑假開始的一年半——甚或是直到此時此刻。

夢想著無論是對我，還是對他，那段蜜月般的日子，都是人生中的第一次。

就算是已經結束的戀情。

我仍希望名為初戀的特等席，永遠是屬於我的。

……不得不承認，我還真是讓人噁心。

又麻煩，又難搞，又沉重，又脆弱——

——真不敢相信，竟然有男人會愛上這種女人。

「…………嗚嗚~……」

躲在單薄的紙門後面，我被自己的窩囊氣得全身發抖。

我悄悄探頭出來，窺探著陰暗又滿是塵埃的書房。

在書房深處，我的繼弟兼前男友伊理戶水斗，像是埋在書堆裡一般坐在那裡。

事情很簡單。

峰秋叔叔說有點事想叫水斗幫忙，要我來叫他，所以我來了。

所以，只要出聲叫他就行了。只要跟他說一聲「峰秋叔叔在找你」就可以了。

但我卻已經躲在這裡好幾分鐘——甚或是幾十分鐘——如同遭到天敵追趕的小動物。

水斗似乎正在專心看書，絲毫沒發現我來了。

我既希望他能快點注意到我，又擔心如果他注意到我該怎麼辦，兩者參半的心情在胸中不停打轉。

我又變回社交恐懼症患者了……

直到國中時期，我都得猶豫上幾十分鐘才敢向人攀談，更不可能進去什麼教職員室，但經由戀愛這種最有效率的訓練，應該已經克服了才對。

與生俱來的陰沉個性無法改變，這我已經認命了，但關於交際能力，我敢說已經有了大幅的改善。

可是，現在怎麼會是這副德性……

即使令人生氣，我很清楚原因出在哪裡。我唯一能想到的原因，就是昨天從河邊回來時他對我說的話。

——印象中，是個愛笑的人。

帶著懷念語氣如此述說的水斗，心裡究竟是想著誰的容顏……不用特地做確認也知道。

初次見面以來一直放在心底的預感，果然成真了。

水斗情竇初開的對象就是——

「——咦？結女，妳在幹麼啊？」

我嚇得肩膀一跳，轉頭去看。

只見戴著紅框眼鏡，穿著純白連身裙的漂亮女生——圓香表姊不解地看著我。

……白色連身裙。

都二十歲了竟然還適合穿這種衣服，真厲害……

不對，我得找藉口解釋我可疑的行為……！

「啊，沒有啦——就是……稍、稍微恍神了一下而已……」

結果，我想不到什麼好藉口。

看來我的交際力，終於衰退到最低點了。

「什麼，還好嗎？要小心喔——這個家裡很多房間沒有冷氣嘛。」

圓香表姊一邊喊著「好熱喔——」一邊用手替自己的脖子周圍搧風。

從連身裙露出的頸項浮出汗珠，感覺有點撩人……

「我看看……啊，找到他了。」

圓香表姊走過我身邊，探頭往書房裡看，輕鬆自在地……

「水斗表弟——叔叔在找你喔——？」

辦到了這幾十分鐘以來，我一直辦不到的事。

「嗯。」

水斗簡短地回答，闔起書本抬起頭來……

「……嗯？」

發現我在圓香表姊的身邊。

「妳也在啊。」

「……不、不行嗎？」

我覺得太尷尬，不由得回得很衝。

也許是當成常態了吧，水斗顯得並不怎麼介意，說：

「找我有事嗎？」

有事……本來是有的。

但就在剛才，變成沒事了……

「沒……沒什麼啦！」

我單方面地這麼說，就啪噠啪噠地跑過走廊，離開了書房。

不對，是逃走了。

逃離水斗，以及圓香表姊。

並沒有什麼事情變得不同。

我與水斗依然是繼兄弟姊妹，過去曾經交往過的事實也沒變。

只是……他有著我所不知道的過去。

我只是事到如今，才終於發現到這一點。

那又怎麼樣？

就算水斗以前，曾經喜歡過圓香表姊——喜歡過我以外的人。

那種事……跟現在的我，應該毫不相關才對。

「啊。」

「……啊……」

隔著較長的瀏海，竹真略微睜大一雙大眼睛。

我逃跑般離開書房後，漫無目的地在家中到處走動，就看到竹真縮在一間大和室的牆角

盯著手上的遊戲機。

在同一個房間稍遠處的桌邊，竹真的爸爸以及其他叔叔，正在聊一些日常話題聊得開懷。

大概是覺得大白天就完全獨處太寂寞，但又無法加入話題……所以就保持距離了吧。竹真雖然怕生，但似乎既不像水斗那樣愛好孤獨，也不像東頭同學那麼貫徹自我。

我產生了些許親近感，探頭看看抱膝坐著的竹真。

「還好嗎？冷氣會不會冷？」

「不……不會……」

竹真用活像蚊子叫的聲音說完，就用遊戲機把臉遮起來了。

哎呀呀，似乎是對我有所提防呢。我每次跟竹真說話，他總是會面紅耳赤地把臉別開……

我想想……記得從身邊位置跟對方說話，有助於拉近彼此的距離？

我一邊想起以前看過的書本內容，一邊在竹真的旁邊坐下。

竹真肩膀抖了一下，但幸好沒有從我旁邊退開。太好了。

「竹真，你的興趣是玩電動嗎？」

「沒……沒有喜歡到那種程度……」

「我的興趣是看小說，你有在看書嗎？」

「……攻、攻略本之類。」

「咦?那是什麼?」

「遊、遊戲的書……裡面會寫怎麼破關,或是一些資料……」

「好看嗎?」

「……還、還不錯……」

「這樣啊……」

……話題結束了。

怎、怎麼辦……我不知道該跟小學男生聊什麼……

世代與性別都不一樣,實在很難找到共通話題……雖說多少有點進步了,但我可沒練出理髮師等級的強大口才。

話題……話題……跟世代或性別都無關,共通的話題……

「呃……你有喜歡的女生嗎?」

不得不承認,我還真是選了個老掉牙的主題。

感覺就是標準的「不常見面的親戚」。

就在我以為他的反應一定還是一樣平淡時……

「嗚咦!」

竹真發出我至今從沒聽過的大嗓門，從遊戲機上抬起頭來。

「喜……喜歡……？」

「咦？嗯，對呀對呀。你有沒有喜歡的女生？在學校或哪裡。」

「學……學校……」

竹真講話聲調突然低了八度，視線轉回遊戲機上。

「學、學校裡……沒有。」

「這樣啊。學校沒有可愛的女生嗎？」

「不……不太清楚。我，記不太得，她們的長相……」

「啊——我懂我懂。真要說起來，怕生的話根本就不敢看對方的臉嘛。」

點頭點頭點頭！竹真點頭如搗蒜，全力表示同意。

啊，找到共通的話題了。

「像是帶便當的日子忘記帶筷子，又不敢去跟老師借結果不知道要怎麼辦。」

「（點頭點頭點頭！）」

「校外教學登山的時候，沒有朋友可以說話只好卯起來欣賞大自然。」

「（點頭點頭點頭！）」

「體育課想也知道沒人可以一組，所以先找出自己以外有可能落單的人，可是搞半天又

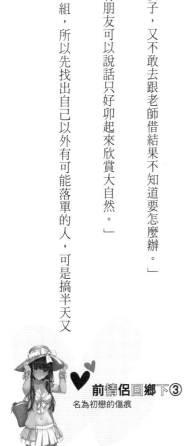

不敢主動問人，只能等對方來問……」

「（點頭點頭點頭點頭點頭點頭！）」

反應好大。

眼睛在發亮。

看來這是他這輩子，第一次遇到懂他的人。

沒辦法，誰教圓香表姊是假內向真陽光……可能不會懂怕生者的心情。

「上學很辛苦對吧……對怕生的人來說……」

「……嗯……」

「遇到什麼困難的話可以跟我說喔，我應該可以提供建議。呃，聯絡方式……你有手機嗎？」

竹真手忙腳亂地急著摸口袋，拿出了全新的智慧手機。哦哦，現代年輕人耶。

「ＬＩＮＥ……你應該不知道怎麼互加好友吧。我教你。」

竹真高興地點頭，把手機交給我。看來不用特地解釋怕生特有的苦衷，真的讓他很高興。

……我以前，也是這樣。

剛開始跟水斗有所來往時，我什麼都不用說，他就會猜出我的各種想法……

讓我覺得，我是初次與人有了正常的往來。

而且還是跟一個男生，在那之前，我想都無法想像……

……那時候，他是否還喜歡著圓香表姊？

我向他告白的時候，也許其實……

「……來，好了。會用了嗎？」

我把手機還給竹真以擺脫無益的被害妄想，竹真把它擁到胸前，用細微的——但跟他認識以來最清晰的聲音說了：

「我、我可以……跟妳，聯絡嗎？」

我輕聲笑了一下。

「會不會不敢主動聯絡我？」

「……嗚嗚嗚……」

「啊哈哈！我也很不擅長主動聯絡別人！」

竹真縮起了肩膀。啊——真可愛。那個臭臉男要是也能學學這種可愛個性就好了——

「——很抱歉打擾兩位談笑。」

先是聽見一陣帶刺的聲調，接著一個人影站到坐在牆邊的我們面前。

我抬頭一看。

水斗用興趣缺缺的冷淡眼神，低頭看著我。

「……妳跟他變得還真要好。」

話中帶刺的聲調，讓我不禁拉起防線，用同樣帶刺的聲調回答：

「怎樣？不行嗎？」

「沒有啊……只是覺得妳對晚輩是另一套態度。」

「嗄？哪來的另一套？」

「妳沒自覺就算了。」

……什麼啊？這傢伙是怎樣？

有話想說就明說啊。

你就是這樣，每次都自以為什麼都懂……！

「……你要幹麼？就只是來酸人的嗎？」

「沒有要幹麼。只是——」

水斗用鼻子哼一聲，不悅地說：

「——圓香表姊叫我來看看妳，所以我來了。」

這一句話，踩到了我心中的底線。

「……圓香表姊叫你做什麼，你都會做就是了？」

「……嗄？」

那為什麼我說什麼，你總是立刻講話酸我？

為什麼從來不肯老實答應我拜託你做的事？

為什麼……

為什麼圓香表姊說的話，你就這麼輕易——

「…………沒事的話，請你離開。」

我勉強克制住脾氣，不讓自己破口大罵。

「何必來管我，去跟你最喜歡的圓香表姊講話就好啦。」

水斗沉默了半晌，低頭看著我。

然後，輕嘆一口氣。

簡直好像受夠了我一樣。

「那我閃了。」

水斗冷漠地說完，就離去了。

我除了一直注視著自己的膝蓋，什麼反應都做不出來。

「………………」

感覺到身旁有人憋著呼吸，我這才想起竹真也在場。

竹真像是有點害怕，頻頻偷瞄我的臉。

「啊……！對、對不起喔，嚇到你了吧……」

我急忙裝出笑容。

哎喲真是，我怎麼可以在小孩子面前……！

「剛才那個不是在吵架，真的。我們平常都這樣。」

說了些藉口之後，心情也就跟著轉趨平靜。

對──這點小事，就跟我們平常一樣。

「所以……不要跟爸爸媽媽說喔？這是我們之間的祕密！」

我在嘴唇前面豎起食指說：「噓──」竹真連點了好幾個頭。

然後不知為何，他略微低下頭去，像在迴避我的視線，用雙手緊緊按住自己的耳朵。

『喂──是結女同學嗎──？』

透過手機聽到她那樂天派的聲調，讓我莫名地感到安心。

「不好意思忽然打給妳，東頭同學。現在方便嗎？」

『方便……嗯！沒問題……嗯呼！』

「……真的方便嗎？」

時不時會夾雜著怪聲音，而且聲音還忽近忽遠。

『沒問題呼……哈——！只是現在，被強迫，做一點健身……』

「健身？感覺這好像是全世界離東頭同學最遙遠的名詞……」

『我媽媽說，如果因為放假就懶在家裡，會讓老天賜給我的超亮車頭燈下垂……說我只有這點東西能看，要好好保養……不然就不讓我吃飯……』

「我之前就在想，東頭同學妳媽媽，個性是不是有點豪放？」

天底下有哪個爸媽會對著女兒說「只有大胸是妳的存在意義」？

『哈呼——足足做了五次伏地挺身呢！今天就到此為止。』

「就算是我也會再多做幾下好嗎……」

『結女同學找我有什麼事？』

被直接跳過了。

我一邊從檐廊仰望夏日天空，一邊花點時間考慮如何開口。

「……沒有，只是忽然想知道妳在做什麼。妳看嘛，畢竟昨天發生過那場泳裝事件。」

『我不想再想起那件事了。』

「妳平常在本人面前行為那麼大膽，原來會在意的地方還是會在意啊。」

『因為真的很丟臉啊！胸部前面大書「東頭」兩個字耶！很幼稚好不好！』

「……等一下。妳的在意點是那個？」

『咦？不然還會是什麼？』

不對不對不對不對。

還有隨時可能滿出來的胸部，或是泳裝都陷進去了的大腿關節附近吧？

「感覺東頭同學就算裸體被水斗看到，好像也不會在意呢……雖然上次內褲被看到時妳還會臉紅……」

『不不不，裸體還是會害羞啦。』

「啊，還是會喔？」

『我在碰到修學旅行什麼的時候，可是都不洗澡的。』

「……喔，同性異性都不行就對了。」

原來不是怕被水斗或男生看到啊。

『如果是跟結女同學洗澡的話還值得考慮……該凹的地方凹，該凸的地方凸，標準的美少女體型呢……唔嘿嘿。』

「這樣有點噁喔，東頭同學。」

『哎呀，抱歉。』

「……我的身材沒什麼了不起的啦。」

我一邊感覺到內心深處湧起一股陰暗情緒，一邊嘟噥了一句。

「我只是沒長肌肉才會顯得瘦，胸部什麼的，也不是努力的成果。」

『南同學聽到這句話，會宰了妳喔。』

「啊！好險。」

趕跑水斗，又跟竹真道別……一個人獨處……

我……為什麼會打給東頭同學？

會不會是因為，我認為她能體會我的心情？

認為喜歡水斗的她——能對我窩囊的眷戀心情，感同身受……

「……我現在，人在伊理戶的鄉下老家。」

『是，我知道——那裡有沒有一些詭異的習俗？或者是自古流傳至今的危險數數歌之類。』

「很遺憾，兩者都沒有。」

雖然其實我也期待了一下。

「伊理戶家……父親那邊的親戚來了很多人。」

『是是。』

「其實，在他們當中……有個非常漂亮的大學生姊姊。」

『哦哦？』

這個反應有點奇怪。

既不是驚訝，也不是感到不安。

『該不會是水斗同學的初戀對象吧？』

「……可能吧。」

『哦哦——……！』

「欸，妳這個反應是什麼意思？」

『因為小時候的水斗同學，絕對很可愛的啊。我很喜歡御姐正太組合。』

「嗯……？？？」

我聽不太懂她在說什麼。

『本來就已經很可愛的水斗同學縮小之後鐵定超可愛！要是超可愛的水斗同學讓漂亮的大姊姊照顧起來，那簡直是……好Ａ！超Ａ的！」

聽、聽不懂……

這個女生到底在興奮什麼……？

「都不會覺得受到打擊嗎……？水斗以前有過喜歡的人喔？」

『為什麼要受到打擊？那個不愛理人的水斗同學，曾經對身邊的年長大姊姊懷抱著淡淡情意，反而會讓我內心悸動耶。』

「是、是這樣解釋的喔……」

嗯，這個嘛……該說是戀愛觀還是價值觀差太多呢？我一丁點都無法理解……

『結女同學妳……』

聲調平淡地——東頭同學，忽然對我說了：

『希望聽到我的什麼反應呢？』

「……咦？」

怦咚一聲，心臟重重跳了一下。

就好像……內心深處被她看透了。

『沒有啦……只是覺得妳從剛才到現在，一直有種想要某種東西卻得不到的氛圍。如果是我誤會了，我先道歉！』

想要某種東西——卻得不到。

……啊……

原來我……是想跟她互舔傷口。

想讓東頭同學，跟現在的我變成同一種心情——

想傷害她。

想讓她傷心。

——想讓她，來同情我？

…………我怎麼會……這麼膚淺…………

「……對不起，我沒有那個意思……只是想跟妳聊天。」

『這樣啊，那就還好——』

『——伊佐奈——！有在認真健身嗎——！』

『呀嗚嗚嗚哇哇哇哇哇！』

先是遠處忽然傳來別人的聲音，接著東頭同學一邊發出怪叫，一邊弄出碰碰咚咚的碰撞聲。

「怎、怎麼了？有沒有怎樣？」

『我、我媽媽來巡邏了~……！不、不好意思，結女同學！我還得繼續從事維持胸部彈性的工作……！』

「啊，嗯，好。加油……？」

『那我先掛了！』

電話掛斷了。

……東頭同學的奇怪個性，該不會是遺傳自母親吧？

「電話打完了？」

「呀嗚哇！」

頭頂上方忽然傳來聲音，害我發出了跟東頭同學差不多的叫聲。

往頭頂上方一看，圓香表姊正用眼鏡底下的調皮雙眼注視我的臉。

「『呀嗚哇！』耶～好可愛喔～♪」

「有……有什麼事嗎，圓香表姊……」

坦白講，我現在不是很想跟她說話……

圓香表姊繼續站著，說：

「我有跟妳說過明天要去逛祭典，對吧？」

「啊，有……」

聽說明天在車站那邊的市區，會舉辦大型的夏日祭典。

然後我們預計在隔天——也就是後天回去，所以那將是我們在這裡的最後一場活動。

……只是以我現在的狀態，恐怕不會有那心情去玩……

「夏目姑婆明天會借我們浴衣喔～」

「是這樣啊。」

「對呀對呀。所以我們現在一起去挑浴衣唄！」

「喔，好的。」

……嗯？

我不小心反射性地回答了。

可是要跟圓香表姊一起？

現在？

……就我們倆？

「好——！Let's go！」

我還來不及理解自己走錯了多大一步棋，就被圓香表姊拉著手往前走了。

「浴衣多得是，妳們儘管挑喜歡的穿去吧——」

說完，夏目婆婆就關起了紙門。

「謝謝姑婆——！」

圓香表姊對著關起的紙門叫完後，「好！」雙手叉腰。

在她的面前，放了好幾件摺得整整齊齊的浴衣。

看起來色彩繽紛，平常的話我可能會覺得興奮雀躍，但現在的我一點多餘精神都沒有。

「結女喜歡哪種感覺的？妳身材苗條頭髮又長，穿哪種和服應該都好看吧～」

「我……」

記得上次……穿的是深藍色的浴衣。

本來就已經夠尷尬了，想起那件事讓心情更是消沉。

上次穿浴衣，是在去年的暑假。

我跟他吵架，不再聯絡，暑假到了，卻完全沒能約出來玩……即使如此，我仍然暗自期待那男的會自己過來而去了夏日祭典，後來就再也……

「結女。」

「嗚哇！」

抬頭一看，圓香表姊湊近過來看我的臉。

「……妳是不是，不喜歡逛祭典？」

看到圓香表姊語氣帶點關心，我心裡更加不堪了。

圓香表姊沒有做錯事。

水斗也一樣，沒有做錯事。

全都是我不好。

都怪我……太軟弱。

「只是……有一些苦澀的回憶。」

「這樣啊……哎，祭典嘛，不發生意外才叫稀奇啦。走散迷路是家常便飯，不然就是摔倒擦傷或是鞋子把腳磨破皮，根本是事故大會串。」

圓香表姊「咿嘻嘻～」地笑著，若無其事地說：

「我跟男朋友去約會時，也出過好多糗喔～」

「……咦？」

她講得太過自然，我一時之間來不及反應。

嗯？嗯嗯？

她剛才，說什麼……？

「男……男朋友？」

「咦？嗯，男朋友。」

「妳……妳有男朋友？」

「有啊～？咦～？看起來像沒有嗎？」

抿嘴笑著這麼說的圓香表姊，即使看在我這個女生眼裡一樣漂亮，個性也很開朗有魅力。

當然不可能沒有了。

我完全都沒想過。是因為我只把她當成親戚大姊姊？還是因為……

「順……順便問一下，是從什麼時候……？」

「嗯～？應該算是上大學之後認識的，所以……大概一年半之前吧。高中還交過另一個。」

「另一個男朋友！」

「對呀對呀。不過我跟那傢伙不太合拍，很快就分手了啦。咿嘻嘻。」

戴著時尚紅框眼鏡，一副像是舊書店店員的知性相貌，卻說什麼「不太合拍」。外表欺詐也要有個限度。

要不是有親戚關係，我跟這一型之間可能不會有交集……

「不用這麼驚訝吧～我已經算乖的了喔？我身邊那些朋友更誇張，還有女生高中三年就交到兩位數呢。就這點而論，我只交過兩個，妳看，乖得很呢。」

「咦？兩個……那麼上大學之後的男朋友是第三個……？」

「喔，他啊，其實他是我第一個交往的男朋友。」

「第三個是第一個……？？」

「我們復合了～本來分手過一次，但在大學又碰面了。」

我不禁渾身變得緊繃僵硬。

跟前任……復合。

「為什麼……會復合呢？」

我一邊感覺到喉嚨變得又乾又渴，一邊擠出聲音。

「之前分手……不就表示……不再喜歡對方了嗎？」

「是這樣沒錯，我本來也覺得真的忍不下去了，他太誇張了。那時候是那麼想的。」

圓香表姊「咿嘻」自嘲地笑了一下。

「後來過了一段時間，再次見到面的時候……我就覺得『算了，也可以啦』。以前讓我生氣的地方，變得不怎麼令我在意了。」

「不在意……？」

「他啊，真的有夠沒出息、靠不住，是個超廢的傢伙——我就是被他這些地方氣死，才會跟他分手。可是妳看嘛，上了大學之後，就得重建新的人際關係，或者乾脆說舊朋友都不在了嘛？那時候我們再次碰到面，自然而然地就又常常泡在一起……結果呢……」

圓香表姊一邊攤開鮮藍色的浴衣一邊說：

「對於他那些沒出息、靠不住、廢到爆的地方……我不禁覺得『算了，那些事情都我來就好』。甚至還漸漸覺得那些地方其實也挺可愛的……」

「……那個，抱歉冒昧說一句……」

「嗯——？」

「圓香表姊該不會……是所謂的爛男人磁鐵吧……？」

「…………妳也這麼覺得…………？」

就我聽她說的內容，只能覺得是這樣。

「朋友也整天這樣說我耶……上次交往之後很快就分手的男朋友啊，讀書運動樣樣行，完全就是個無懈可擊的傢伙。但因為實在太找不到缺點了，反而讓我覺得很不爽，就分手了。我甩掉他的時候也是，跟我毫不留戀地說斷就斷，真的把我氣死了……覺得『你這個做作男根本就不是一定要我嘛』。不像前一個男朋友還死纏爛打地哭著求我。」

即使是看起來真正無懈可擊的圓香表姊，似乎意外地也有其彆扭的部分。

我莫名地感到有點安心。

「反正人啊，不可能真的喜歡彼此的一切喜歡得要命啦——」

圓香表姊邊說邊拿著浴衣在穿衣鏡前比比看。

「無論有多喜歡對方，總是會有一兩個看不順眼的地方啦。所以這世上的情侶才會分手啊……可是啊，只要能跨越這種問題一次，應該說就會變得比較寬容嗎？雖然討厭的地方還是討厭，但是心態會變成『好啦，算我敗給你了』。」

「……敗給他了……」

「對呀對呀，像我現在就是這種狀態。我男朋友上次還說想給遊戲儲值，竟然開口跟我借錢，我就一腳往他屁股踹上去。咿嘻嘻嘻！」

無論有多喜歡對方，總是會有一兩個看不順眼的地方。

所以……這世上的情侶，才會分手。

圓香表姊的這番話，極具分量地，沉入我的內心深處。

……不過先不論這個，我開始有點擔心起圓香表姊的將來了。

「所以啦，結女。」

圓香表姊把對著自己肩膀比過的浴衣，換成拿來對著我的肩膀，面露微笑。

「我不知道妳跟水斗表弟發生過什麼事……但我覺得結女妳不用在意太多小細節啦。世上的人大多數對自己來說，都是根本不在乎或是硬要說的話比較討厭的傢伙，所以如果能遇到一個喜歡的地方跟討厭的地方一樣多的人，那不就夠了嗎！」

仔細想想，本來就是這樣。

因為，對方是個活生生的人。

不是自己的理想或妄想的化身。

本來以為他性情孤傲但只會對自己好，卻忽然為了一點小事開始吃醋，也很正常——

原本以為他從不跟別人來往，在認識自己之前置身於完全的孤獨之中，結果原來有過初戀的對象——也還是很正常。

因為對方，並不是偶像明星。

而是待在同一個地方，身處同一種立場的普通人。

如果只因為吃醋或初戀就對他幻滅……那會沒完沒了。

我明白。

其實這種事——我從一開始，就很明白。

「……水斗並沒有做錯什麼事。」

一低下頭，弄錯場合般華麗多彩的浴衣，就映入我的眼簾。

「我只是……自己對自己的小心眼，感到沮喪。」

假如我有圓香表姊這樣的開朗性情……大概就不會每次遇到這種事，都受到打擊了。

因為，我沒有那種權利。也沒有資格與道理。

所有的一切……都怪我這個人消極到令人厭煩，偏狹到無藥可救。

「……嗯——」

圓香表姊把浴衣從我肩上拿開，略顯困擾地微微偏頭。

「結女——這裡灰塵是不是有點多？」

「咦？」

話題轉變得突然，讓我抬起了頭來。

就看到圓香表姊，像淘氣鬼似的「咿嘻」笑了一下。

「挑好浴衣之後，我們一起去洗澡唄！」

她叫我先來泡澡，於是我稍微把身體沖乾淨，就讓肩膀以下沉進了寬廣的浴池。

我仰望水滴凝結的天花板，發現自己的思考處於停擺狀態。

……這是什麼狀況？

往更衣室望去，隔著磨砂玻璃，可以看到圓香表姊正在盤起頭髮。衣服似乎已經脫了，身材凹凸有致的美麗曲線，形成剪影浮現在玻璃上。

——要做什麼？當然是女孩之間的私密話題嘍♪

圓香表姊剛才是開心地笑著這麼說，可是……

我泡在熱水裡，抱住雙膝。

好像從國中修學旅行以來……就沒跟媽媽以外的人一起洗過澡了？

兩人單獨共浴，說不定更是第一次。

我、我在緊張什麼啊……！又不是跟曉月同學！

「久等了——」

門嘩啦一聲拉開，圓香表姊走進浴室裡來。

完全沒有半點要用毛巾遮住身體的羞赧反應。

反倒還雙手扠在小蠻腰上，暴露出耀眼的裸體給我看。

穿泳裝的時候，就已經能充分看出她的好身材……但現在一看，她有著漂亮的腰線，臀部堅挺，修長的雙腿緊實無贅肉。

最厲害的，是她自我申報F罩杯的胸部。明明沒有胸罩或泳裝支撐，碗公倒扣般的形狀卻絲毫不見下垂。但卻會隨著每個動作柔軟地輕晃，讓我開始懷疑物理法則的正確性。

「怎麼樣啊？」

看著圓香表姊洋溢自信的表情，我誠實地回答：

「好漂亮……」

「謝謝～！結女妳也超美的喔！真羨慕妳這麼苗條～！完全符合女生的理想體型耶。」

「沒、沒有那麼好啦……」

我縮起了身體。被圓香表姊稱讚，讓我覺得惶恐不已。

圓香表姊從浴池裡掬起熱水往自己身上潑，然後說：「好啦，麻煩讓一下～」跨過我泡澡的浴池邊緣。

這時，我的眼睛不禁移向她的兩腿之間。

有仔細修剪過，是否就表示，有機會讓別人看到……？

「呼～」

圓香表姊跟我面對面坐下，讓肩膀以下泡進熱水，熱水頓時唰啪一聲滿出來，流進排水孔裡。

這個家裡的浴池雖然還算大，但兩個人一起泡就實在有點擠了。我抱膝坐著的雙腿，不時會碰到圓香表姊的大腿，不知怎地讓我有點心跳加速。

「哈啊～有種解脫了的感覺呢～」

圓香表姊如此說道，胸前的兩顆白桃輕飄飄地浮在水面上。

那麼大，一定滿重的。

泡澡在她的日常生活中，必定是最能卸下這份重量的一刻。

「咿嘻嘻，這麼好奇啊？」

注意到我的視線，圓香表姊從下方抓住自己的胸部，輕輕托起給我看。

「要摸嗎？」

「咦……呃，不，可是……」

「不會跟妳收錢啦～」

「……那、那就……」

硬是拒絕好像反而失禮，我怯怯地伸手過去。

只是輕輕一碰，指尖就陷了進去。手指離開時，細緻柔滑的肌膚也跟著回到原位。

哦哦～……原來別人的摸起來，是這種感覺啊……

我從正面抓抓看，又從兩側往中間擠擠看……

「——嗯！」

圓香表姊發出了性感撩人的聲音。

唰啪啪！我急忙與她拉開了距離。

「對、對不起！」

「咿嘻嘻！開玩笑的啦，開玩笑！」

嚇、嚇了我一跳……

我沒那麼多跟女生接觸的經驗好嗎？現在有了東頭同學，我在這方面搞不好還輸給水斗呢。

圓香表姊在浴池邊緣悠然立起手肘，托著臉頰說：

「那麼趁還沒泡昏頭，就來進入正題吧～」

她做了這句宣言。

「在這裡就可以打開心扉談話了吧。都說裸體就是袒裎相見嘛。」

「……我沒什麼心扉可以打開。」

「有吧～妳喜歡水斗表弟嗎？還是討厭他？」

她問得開門見山，但我沒有立刻回答。

我以前的確喜歡過他。

我以前也的確討厭過他。

……現在，究竟是哪一邊呢……

「跟妳說喔，我有稍微想過一下。」

「想過什麼……？」

「換作是我的話，會怎麼樣。」

滴答，從天花板滴落的水滴，在熱水表面掀起漣漪。

「假如我在念高中的時候，跟同年齡的男生住在一個屋簷下——我覺得，那一定非常不容易。有很多事情必須多用心，而且無論如何，都難免會意識到對方的存在……雖然叔叔他們好像還滿天真看待這事的。也許是結女與水斗表弟努力的成果吧。」

事實上，我們的關係比圓香表姊想像的更複雜。

但是……假如沒有那些特殊內情，一定不會有我們現在的家庭。

正是因為我跟他早就認識了，才能建立起現在和平的伊理戶家——最近有時候，我也會有這種想法……

「圓香表姊，如果換成是妳呢？假如妳必須跟男生一起住……」

「要看對象是誰……不過如果是水斗表弟的話，我可能會喜歡上他吧。」

「咦！」

若無其事地說出的一句話，讓我眨了眨眼睛。

「……妳、妳說……如果是水斗的話，是因為……」

「看長相啦，講得明白點的話。」

「長相？」

圓香表姊講得過分露骨，「咿嘻嘻」地笑著。

「因為他長得很可愛嘛——如果只是同班的話或許不會注意到，但住在一起的話自動就會注意到長得好不好看吧？而實際上結女妳的生活並沒有太大壓力，可見他個性也沒有問題。那肯定會開始注意他的一舉一動的啊。這樣一來，就連那種低調不顯眼的氣質都會變成優點。『只有我知道他的好』這種優越感，任何女生都是無法招架的。」

……我無言以對了。

她講中了我的一堆狀況。

雖然只是胡思亂想，但有種東頭同學也跟我一起啞口無言的錯覺。

「我猜水斗表弟應該也有同樣的想法喔。在同一個屋簷下有結女這樣的美少女……那個狀況可是非常不得了的。」

「什麼不得了……？」

「等妳滿十八歲才能告訴妳——♪」

我耳朵開始發燙，把嘴巴以下全泡到熱水裡，咕嘟咕嘟地吐泡泡。

雖然這四個月以來，從來沒碰上過致命性的尷尬場面……但即使是那個冷血男，說不定也有那種需求。

……八成有吧。都收藏那種色情小說了。

況且有時候，也的確發生過遊走邊緣的狀況。

可是……那是只有一開始。

當時我們還不習慣現在的生活。

而且——當時，他還沒遇見東頭同學。

「……他不一定……需要我。」

我從熱水裡露出嘴巴，道出了不言自明的真相。

「因為……有個女生比我跟他更要好。」

「喔，妳說姓東頭的女生？聽說了聽說了。說是前女友還是什麼的，進入暑假後天天都泡在你們家。」

「不過前女友只是媽媽他們誤會了……」

「是這樣喔？那他們是什麼關係？」

「東頭同學，是他的女性朋友……之前跟他告白過，但被甩了。」

「啊──瞭了瞭了。所以就變回朋友了？原來是那一型的啊……」

「那一型是指？」

「偶爾會有這種女生呀，可以在友情與戀愛之間輕鬆來回。情敵如果是這種類型的話真的會崩潰呢，會想說『既然都被甩了，可以請妳乖乖退場嗎～』這樣。」

「不、不是……那不是東頭同學的錯……」

「麻煩就麻煩在這裡呢……不對，妳剛才承認她是情敵了？」

「我、我沒有那樣說……！」

「還嘴硬。」

圓香表姊笑著逗我，說：

「要是能從頭到尾都當普通朋友就好了。我看啊，一定是有人雞婆出主意挑起了那個女生的愛意吧。」

「嗚！」

「哎喲？」

「…………對不起，就是我…………」

「越搞越複雜了呢。」

圓香表姊交叉雙臂托起很有料的胸部，沉吟了一聲。

「原來如此──結女妳已經支持過那個女生了，所以現在要是積極發動攻勢怕會被批評……」

「……不是，真要說的話，我本來就不用發動什麼攻勢……」

「可是，那個女生跟水斗表弟黏在一起，又會讓妳悶悶不樂對吧？」

「…………………」

「被我猜中了吧──」

「沒有！……可是，那只是……」

只不過是──一種眷戀。

只是還不肯放下交往時的獨占欲罷了。

「……至少要是東頭同學告白成功，事情就簡單多了……」

「結女，妳從剛才到現在一直在找藉口喔。」

「咦？」

圓香表姊托著臉頰，語氣有點嚴肅地說：

「妳說是因為水斗表弟另外有要好的女生，這不就是藉口嗎？藉故推託，這樣就不用跟水斗表弟談戀愛了——」

我……

跟那個男的……

不用——談戀愛。

「這只是我在瞎猜啦，妳隨便聽聽就好……我覺得結女妳最重視的，大概是妳媽媽吧。」

「我媽媽……」

「對。結女，妳給妳自己的評價太差了。或許是因為這樣，妳似乎把忍耐變成了習慣。滿腦子只希望由仁表嬸與峰秋叔叔不要離婚，對吧？所以，妳覺得妳不能跟水斗表弟交往。好吧，這我能理解。都有公司禁止辦公室戀情了，家庭內戀情會有多麻煩更不用說。」

圓香表姊又說：「雖然我從來沒有過繼兄弟姊妹就是了。」

「可是啊，結女。用這種藉口只能敷衍得了一時喔。」

「咦……？」

「可能因為是一家人所以反而不容易察覺吧。可是，『那一刻』一定會到來。等到『那一刻』到來，妳就不能再拿叔叔他們當藉口了。結女跟水斗表弟，遲早都得交出明確的答案。」

聽到她莫名有自信的口氣，疑問衝口而出：

「『那一刻』……究竟是什麼時候？到底會發生什麼事……？」

「嗯……妳就期待『那一刻』的到來吧。」

咿嘻。她微笑得像個淘氣鬼。

「我早就想試試這種故作神祕的行動了。」

無法再曖昧敷衍的「那一刻」。

現在的我完全無從想像。

可是，圓香表姊並不是信口開河——總覺得只是我沒發現……其實誰都清楚看在眼裡，知道那個時刻一定會到來。

「哎，就跟暑假作業一樣啦。與其等到最後一刻才慌張失措，倒不如提早慢慢完成。」

「嗯——！」圓香表姊挺起胸脯做個伸展，說：

「在『那一刻』到來之前，建議妳至少先釐清自己的心情。把家人或是朋友這些第三者的事情先擱一邊。」

「可是……我該怎麼做，才能知道……」

「很簡單啊。只要待在一起的時候會心跳加速，或是覺得很想吻他，不就表示妳喜歡他了嗎？」

「……可是，那跟普通的性慾有什麼不同？」

我有自覺，知道我變得有點意氣用事。

就好像想守住什麼似的，我爭辯著說：

「真要說起來，戀愛心情也不過就是對傳宗接代的部分本能而已。心跳加速跟情慾高漲，具體來講到底有哪裡不同？」

「哎喲，開始追究麻煩的問題了……嗯——總之戀愛心情與傳宗接代的本能應該是兩回事吧。否則不就是否定所有同性戀了？」

「……說得……也是。」

「戀愛與性慾有哪裡不同，是吧……這大概是人類數千年以來一直在煩惱的問題，不過總之呢，讓我來回答的話——」

圓香表姊嬌情地，把頭靠到放在浴池邊緣的手臂上。

帶著捉弄人的笑──像在枕邊呢喃般，告訴我：

「──我在愛愛完之後，看到男朋友的臉，還是會覺得很喜歡他喔？」

「愛──！」

我不禁想起以未遂告終的那次，還有媽媽他們不在時被他推倒的那次──全身發燙到連熱水的溫度都感覺不出來。

「咿嘻嘻嘻！是不是有點太刺激啦──？」

圓香表姊從浴池裡站起來，掀起嘩啦啦的水聲。

豐滿的胸脯就好像下雨天的屋簷一樣，水珠滴滴答答地滑落。

「我沒有叫妳現在立刻交出答案啦。不是說了嗎？『提早慢慢完成』就好。為此──總之先試試看，不要再不自然地躲著他了吧！」

「妳、妳話是這麼說……」

但要是做得到，我也不用這麼難過了。

圓香表姊又「咿嘻」笑了一聲。

如今她的這種笑聲，聽在我耳裡，就像是天使吹響的末日號角。

「沒事，交給表姊吧！」

「那麼，妳在這裡等我一下喔！」

圓香表姊留下這句話，就啪一聲關上了玻璃拉門。

洗完澡後，圓香表姊帶我來到了一個毫無情調的房間。

裡面只有五斗櫃與空書櫃，看來是個空置的房間——不過看榻榻米很乾淨，似乎沒有疏於打掃。

讓那麼多人住進來，居然還有空房間……真是一幢大豪宅。

天花板上吊著老舊的白熾燈，但沒開燈。

我看它沒有垂下拉繩，於是一邊隔著針織外套摩娑手臂，一邊尋找電燈開關。

即使是夏天到了晚上還是會涼，要穿暖一點喔——圓香表姊這麼對我說過，不知是不是表示這件事會費時到讓身體受涼？我看她似乎是想幫忙撮合我與水斗……

啊，找到了。

我按下牆上的開關。

……可是，天花板上的燈泡，沒有要發光的樣子。

看來這個房間，只有隔著玻璃射進來的月光能權充光源。

「——就是這裡啦，這裡。」

在這月光下，映照出了兩個人影。
一個是圓香表姊。
另一個……大概是水斗。
「對不起喔～明明是叫我做的事！」
「……反正來都來了，沒關係。」
「謝謝～我想應該很快就找到了！」
看來好像是用請他幫忙找東西當藉口，把他帶了過來。
原來如此……然後我也一起幫忙，在做事的時候自然地幫我們安排說話機會是吧？
不愧是圓香表姊，真是個妙計。
……果然只要是圓香表姊，他就會乖乖聽話。
「好了，進來吧進來吧！」
玻璃拉門打開了。
水斗看到我在房間裡，微微皺起了眉頭。
但圓香表姊用力推他的背，硬是讓他踏上榻榻米。
「我想應該就在那個五斗櫃裡！跟結女一起找吧！拜託你嘍！」
「……喔。」

水斗隨便應了一聲，就不再看我任何一眼，走向她指定的五斗櫃。

態度惡劣到了極點。

打聲招呼會怎樣？

——我一邊壓抑住想這樣開罵的念頭，一邊也往五斗櫃走去。

就在這時……

「——啊！痛痛痛！痛痛痛痛痛痛～～！」

圓香表姊發出假到不行的叫聲，按住了肚子。

「肚、肚子忽然痛起來了～！我去一下廁所喔～！」

就在我被這種爛到離譜的演技嚇傻了時，圓香表姊跑到走廊上，關起玻璃拉門。

然後，對房間裡的我們大聲說了：

「我半個小時內絕對不會回來！也絕～～～～～對不會讓叔叔表嬸他們過來！所以你們在我回來之前，絕對，絕～～～對不可以離開這個房間喔！」

「那我走了！」於是圓香表姊就帶著實在不像為腹痛所苦的輕盈腳步聲，揚長而去了。

「…………」

「…………」

只受到月光照亮的陰暗房間裡，籠罩著令人難堪的沉默。

——超、超廢的～～～～！！

我要收回我剛才說的「不愧是圓香表姊」。哪有人事情這樣亂安排一通的？就連東頭同學都比她體貼周到一點！

圓香表姊……看來意外屬於不會說謊的類型。

「……唉。原來是這麼回事啊……」

水斗嘆一口氣，把正要從五斗櫃裡拿出來的文件放了回去。

大概是察覺自己被帶過來的理由只是藉口了吧。

「半小時啊……」

水斗從口袋裡拿出手機看時間。這個房間裡沒有時鐘。

然後，他挨近比較明亮的玻璃拉門坐下，就直接開始滑手機了。

看來是絲毫無意配合圓香表姊的安排……

「……你沒有什麼話，想跟我說的嗎？」

聽我平靜地這麼問，水斗視線往我這邊一瞥，說：

「有話想說的是妳吧。」

視線立刻轉回手機上。

「我已經沒有義務一一去關心妳的心情了。」

說得對。

正確到讓我生氣。

還在交往的時候，為了維持關係有時或許是得讓步。

可是，我們現在是兄弟姊妹，是剪也剪不斷的關係。

沒有任何理由需要強迫自己低頭。

所以，該開口的，應該是感到抱歉的……我。

可是——我不知道。

不知道該如何跟他說話。

不知道現在，什麼問題卡在我心裡，怎麼做才能解決這個問題。

來到這個家，今天是第三天。

第一天，我在古老的書房，初次接觸到了這個男人的根源。

第二天，我融入親戚之中陪在他身邊，彷彿找到了作為一家人的立場。

但第三天……我體會到自己的器量有多狹小。

對，我就是這種人。

一個負面思考、膽小、心胸狹窄、小心眼的人。

水斗一定也已經對我厭煩了。

因為說到底，念國中時之所以會分手，最直接的原因也是出在我沒有包容力。

無論我如何一再回想，所有事情都是我不好。做事不夠聰明，不懂得體諒對方，態度惡劣，應對方式不妥——現在會陷入這種狀況，也幾乎都是我自作自受。

所以——才會害得自己遲遲放不下，早就該忘懷的心情。

——啊……我懂了。

也不知道為什麼，我漸漸知道了。

知道問題出在哪裡，以及該如何解決。

知道我現在，該跟他說些什麼。

可是，這需要勇氣。

比起說話打斷正在看書的水斗，比起接觸水斗的根源，更需要勇氣。

因為，這就像是挖開舊傷。

像是強行撕開掛在我心頭的，那個從來沒有真正癒合的傷口瘡痂。

即使如此，為了讓我……讓我們能夠往未來邁進——

——我必須接受名為初戀的傷痛。

我到坐在牆邊的水斗面前，就在那裡席地而坐。

水斗沒抬頭，繼續看手機。

所以——我說出了本來永遠不再有機會使用的稱呼。

「伊理戶同學。」

滑手機的手指停住了。

「伊理戶同學。」

困惑的眼眸，往我瞥來一眼。

「伊理戶同學。」

我應該要面對的。

應該要對抗它的。

對於確切留在心中的這份感情，不應該假裝看開，不應該假裝已經跨越。

因為，我根本不可能永遠忽視它。

「伊理戶同學，伊理戶同學，伊理戶同學——」

我好想——好想，一直這樣叫他。

叫更多更多次。

一遍又一遍。

一年半太短了。

我好想跟你一起過暑假。

還有第二次的聖誕節、情人節。

還有第三次，第四次，第五次。

我好想再多跟你在一起，永遠在一起，但已經——

「伊理戶，同學——」

嘴唇開始發抖，舌頭打結了。

我還沒叫夠。

完全沒叫夠。

即使這樣，一遍又一遍地呼喚，還是不夠，完全不夠——

「——伊理戶，同學——」

分手吧，他說。

當他那樣對我說時，我有種放下了肩上重擔的心情。

就要結束了。

終於要結束了。

這份痛苦的心情，悲傷的心情，寂寞的心情。

那時我打從心底……這樣想。

可是……

原本可能發生的事情閃過腦海。

原本可能度過的時光閃過腦海。

原本可能建立的回憶，閃過腦海。

那一定很開心。

那一定很幸福。

就算會痛苦、悲傷、寂寞，只要能創造那個當下……

啊——

——我不該跟他分手的。

我後悔了。

分手以來，成為兄弟姊妹以來，我第一次，明確地——感到後悔。

那點口角，應該多得是方法解決才對。

要回心轉意知道自己還是喜歡他，應該很簡單才對。

只要一起去玩，陪在身邊。

只要其中一方讓步，暑假打個電話。

聖誕節時準備禮物。

情人節時做巧克力。

——在他提分手時，告訴他我不要。

機會多得是。

有無限個機會。無數個機會。

而我，全都錯過了。

愚蠢地期待……溫柔的伊理戶同學會幫我解決問題……

真笨，我真笨。

什麼新的班級、朋友、準備考試，全部的一切，都是不採取行動的藉口。

我真正最想要的東西，明明不是這些。

都怪我這樣一味逃避，才會事到如今，讓眷戀變得如此醜陋而難處理。

「————伊理戶同學————」

不回我話也沒關係。我只是想擅自告一段落。

不回我話也沒關係。只要跨越這種心情的巨浪，我一定也能繼續向前走。

不回我話也沒關係。因為就像你說的，你完全沒有那個義務。

所以不准哭。會引起他的同情。

所以不准哭。要是得到他的安慰，一切又要重來了。

所以不准哭。

因為是我自己，拋棄了——願意為我擦眼淚的人。

「——綾井。」

一時之間，我以為是我聽錯了。

因為……他不可能，會再用那種方式叫我。

可是，下個瞬間，有手指溫柔地擦拭我的臉頰，讓我知道這是真的。

「……只有這一次。」

水斗用膝蓋站起來，靠近到我能伸手碰到的距離。

「只有這次……我們回到過去吧，綾井。」

關機的手機，躺在他背後的榻榻米上。

這個房間沒有時鐘。

只有手機能用來看時間。

今天是幾年、幾月、幾日——

我與水斗都無從得知。

「……嗚……啊啊……！」

我忍不住嗚咽出聲——下個瞬間。

我用盡全力，往水斗身上抱過去。

「伊理戶同學——伊理戶同學！伊理戶同學，伊理戶同學——！」

「綾井。」

水斗以溫柔的呼喚做回應，溫柔地摸我的背。

我想，我們是有機會道歉的。

可以說「對不起我那時不該亂吃醋」、「對不起我沒能跟你和好」。

然後……讓這一年的時光，重新來過。

但是，我和他，都沒有想到要這麼做。

因為……都已經結束了。

全部的一切，都已經結束了。

因為有些事情，是在結束之後，才能開始。

我們不能……把這一年的事當作沒發生過。

事到如今，我才稍微能夠理解東頭同學為何讓甩了她的人，來安慰她失戀的傷痛。

這份眷戀，這個化膿的傷口。

唯有擁有同樣傷痛的人，才能互相撫慰。

能與我互相同情的，不是東頭同學——

——全世界只有一個人可以，就是伊理戶同學。

我們在月光下，相擁了一段時間。

沒有接吻。

因為我是前女友，而他是前男友。

「大概再五分鐘吧。」

水斗看看重新開機的手機，低聲這麼說了。

圓香表姊開出的半小時時間，還剩五分鐘。

雖然剛才行事那樣草率的圓香表姊，也有可能提早或晚來個幾分鐘就是……

哭累了的我，背靠在牆上看隨身鏡。

嗚哇啊……眼睛整個都紅了……這樣一看就知道是哭過了一場。

「所以，搞了半天……」

坐我旁邊的水斗，邊說邊把手臂放到立起的膝蓋上。

「妳一直躲著我，到底是在不高興什麼？我到現在還是不太懂。」

啊……對耶，都還沒跟他解釋。

站在水斗的角度來看，我就只是忽然用昔日的方式叫他，然後忽然哭了起來。

……真佩服他能做出那種回應。

有超能力嗎？貼心也要有個限度。

我以前——嗯，就是喜歡他的這種地方。

不過都是以前的事了。

「……無所謂了吧。反正在我心裡，已經消化得差不多了。」

「但是我心裡消化不良好嗎？都快要鬧肚子了。」

「就直接釋放出來怎麼樣？」

「不巧我便祕。因為某人害得我壓力很大。」

講話酸溜溜的。

我就是討厭你這種地方。從以前就是。

「……呼——……」

我細吐一口氣，抬頭看著陰暗的天花板，下定了決心。

「……初戀。」

「嗄？」

「一想到你的初戀原來是圓香表姊……不知怎地，就覺得很不開心。」

啊——討厭，很丟臉耶！不要讓當事人解釋這種黑歷史啦！

我心驚膽跳地準備迎接一頓恥笑，偷看了旁邊一眼。

只見……

水斗狐疑地皺起眉頭，歪著腦袋。

「初戀……？圓香表姊？我嗎？」

「咦？」

這種反應……是真心覺得困惑？

「不、不是嗎……？」

「我不記得我有喜歡過圓香表姊。」

「可、可是，聽說男生都很容易喜歡上親戚的大姊姊……」

「那只是普遍來說吧。」

「不是……有、有了。你不是只要是圓香表姊說的話幾乎都聽嗎！不像我拜託你什麼事都不理我！」

「那是因為圓香表姊很強勢好嗎？」

水斗傻眼地嘆氣。

「妳不也是被她半強迫地留在這房間等我？」

「……啊。」

的確是。

「圓香表姊是唯一年紀與我相近的親戚，所以以前的確是常常找我說話，但我完全沒喜歡上她或是怎樣。那時反而還嫌她不識相又纏人，把我煩死了咧。」

水斗又補上一句：「不過現在已經習慣了。」

「難怪妳昨天問我那個怪問題，原來是心裡有誤會啊……妳這傢伙，明明基本上腦袋不差，卻總是在重要關頭變笨耶。」

「唔嗚……」

這次，真的，全都是我一個人不好。

遠處傳來了某人的軋軋足音。也許是圓香表姊回來了。

水斗站起來，頂著一身的月光，低頭看著我。

「妳好多了嗎？**結女**。」

聽到他故意叫給我聽，我也回答：

「好多了。謝謝你的關心，**水斗**。」

不是因為感情變好了才變成直呼名字。

只不過是因為，我們現在同姓罷了。

就只是這樣，稱呼方式的進化理由毫無情調可言。

「……呵呵。」

不知為何，我忽然覺得很好笑。

或許是到了這時候，才終於有所感觸了。

對於自己都長這麼大了，才冒出一個這麼大的兄弟——

「……看吧，所以我不是說了？」

「咦？」

我抬頭看看忽然發出低語的水斗，只見繼弟像是要掩飾什麼似的，注視著足音逐漸靠近的玻璃拉門。

「——我的初戀，是個愛笑的人……不是跟妳說了嗎？白痴。」

霎時間。

我打從心底，感謝這個房間的電燈打不開。

事到如今只能說是年輕的過錯，不過我在國二到國三之間，曾經有過一般所說的男朋友。

那段時光，真的很快樂。

對。我不會再嘴硬否定了。

作為伊理戶水斗的女朋友度過的時光——至少到國三暑假之前為止，我真的過得很幸福。

最幸福的時刻——現在回想起來，一定是在那一天。

不是聖誕節，也不是情人節。不是任何特別的日子。

平淡無奇的平日。

那天我們放學後一如往常地分頭走出教室，特地到了學校外面再會合，一起回家。

開始交往已經過了一段時日，漸漸也習慣了走路牽著手——那時我已經開始意識到，該進入下一個階段了。

『第一次接吻是在什麼時候？』

昨晚在網路上看到的文章標題，不斷浮現在我的腦海裡。

我一邊回想起第●次約會或是交往╳個月之類可不可信都不知道的曖昧數字，一邊頻頻偷看跟我牽手走路的男朋友的臉。

也許……差不多，是時候了。

網路文章上寫到的條件，幾乎都達成了。

是不是……差不多，可以做了？

明明走在熟悉的上下學路線上，我卻緊張得要命。

生怕手汗或手上的力道，會讓跟我牽著手的他察覺我的心思。

而同時……我也期待他能注意到、察覺到我的心思，然後主動開口。

但是，我很清楚。

就算我再笨，過了這麼久也漸漸了解了。

了解到伊理戶水斗，是絕對不會主動說要接吻的。

也就是說，得由我主動……？

可是，那要怎麼做……？

我就這樣磨磨蹭蹭了十幾分鐘，到了我們平常道別的地方。

換成平常，我不會覺得寂寞。

回到家裡還是可以打手機，而且明天就能碰到面。

可是，這天——

——那麼，明天見。

伊理戶同學輕輕揮手，轉身背對我。

就在這一瞬間——那完全是無意識的舉動。

我急忙伸出手，抓住了伊理戶同學的手臂。

——嗯？

伊理戶同學轉過身來，顯得很不解。

我……結果還是什麼都說不出口。

我盯著他。

一～～～～～～……——直盯著他。

只能一直注視著他的眼睛。

快發現。

快發現。

快發現。

我一邊這麼祈求——一邊下定決心……

閉起眼睛，閉唇抬起了下巴。

要是這樣還被直接略過，那我只能去自殺了。正可謂背水一戰。

心臟連續猛跳到幾乎破裂，身體僵硬到只差沒變成硬邦邦的石像。

直到現在，我都沒體驗過比那幾秒鐘更最漫長的時間。

我覺得閉上眼睛真是一大失策。

至少要是眼睛睜著，還能邊等邊觀察伊理戶同學的反應。

可是，現在再睜開眼睛，一定會把事情搞砸。

啊啊啊，怎麼辦，怎麼辦！伊理戶同學還在吧？我還抓著他的手臂呢，應該不會出錯吧！我不會被一個人拋下——

輕輕柔柔地，嘴唇碰到了某種溫暖。

霎時間，束縛全身上下的緊張心情，鬆開般地消失了。

瘋狂暴動的心跳，節拍變得平穩，籠罩全身。

叩的一下，牙齒撞到了。

於是，我們自然地讓嘴唇分離。

我這才睜開眼睛——看了看男朋友被夕照染紅的臉龐。

……沒……

我感覺臉孔燒起一陣舒適的熱，沒多想就用手遮住嘴唇說：

——沒想到……還滿難……的。

然後我咿嘿嘿地笑著掩飾害羞，他也對著我，露出了淺淺的微笑。

——……以後，我們慢慢練。

就是這個瞬間。

這就是我的人生當中，最幸福的瞬間。

今後，我都可以跟他這麼做，幾次都行，永遠都行。

一想到這點，心情就輕飄飄的，甚至怕自己開心過頭了。

我回到家後，就把那天的日期，設定成智慧手機的密碼。

覺得這樣做，似乎就能讓這份無比幸福的心情，永遠持續下去。

……其實哪有可能呢？

要知道任何事物，都一定有結束的時候。

就某種意味來說，這是個象徵性的插曲。

我這種人，就連自己想做的事，都想靠別人幫忙。

——就是因為這樣……

妳才會落得一個人來夏日祭典的下場——綾井結女。

◆ 伊理戶結女 ◆

「結女……超棒！」

穿著浴衣的圓香表姊，看遍了我全身從頭到腳的每個角落，帶著興奮的眼神說了。

「這個苗條的體態，還有簡直是為了穿和服而生的身材……！超棒！完美！大和撫子！欸，下次穿穿看大正浪漫風好不好！服裝我可以準備！」

「不、不了……浴衣就夠了……」

我被圓香表姊嚇得有點退縮，同時看看穿衣鏡中的自己。

跟水斗的初次約會是在夏日祭典，而當時穿去的浴衣是以深藍為主色，色調穩重的款式。

但這次圓香表姊半強迫我挑選的，是白底紅花圖案的華麗浴衣。

「真可說是綻放於地表的花火！這下今年的煙火大會徹底失敗啦！因為大家都只想看結

女！」

「呃，這也太……妳該不會是在取笑我吧？」

「人家明明說的是真心話～……」

圓香表姊噘起嘴唇，浴衣款式跟我相反，是好像會溶入暗夜之中消失的藍色布料。她的說法是：「我要專心當幕後人員！」

「好了好了好了，走吧走吧走吧。水斗表弟在等妳喔～？」

「為什麼會扯到水斗……」

「ＯＫ，ＯＫ。不管結女怎麼說，我想看所以非去不可！」

都麻煩人家幫我穿浴衣了，我不好意思強硬拒絕，就這樣被圓香表姊一路往前推，走出了大門。

門外有車子在等我們。

由於祭典是在車站那邊的市區舉行，於是峰秋叔叔要開車載我們去。好像順便要跟媽媽約會的樣子。

水斗與竹真，在車子前面等我們。

兩人轉過頭來，望向走出大門的我們。

圓香表姊把我推到兩人面前，從我肩膀後方探出頭來，咧嘴露出大大的笑容往水斗望了

一眼。

「如何？如何？很漂亮吧～？」

水斗用平常那種迷糊欲睡的眼睛把我打量一遍。

像是對我的浴衣打扮品頭論足——

——穿著那一身鼠色的浴衣。

「……照……」

「嗯？」

我沒理會詫異不解的圓香表姊，搖搖晃晃地接近穿了浴衣的水斗。

「照、照片……拜託讓我拍照！」

穿浴衣超帥——————！！

是怎樣？這男的是怎樣啊！生來就是為了穿和服的嗎？纖細的骨架還有溜肩，身體的所有線條，都將簡約素色的浴衣襯托得更美！得、得記錄下來才行……得留存在我的手機裡才行……！

水斗瞇起一眼，與我拉開了一步距離。

「……不要，總覺得好噁。」

「怎麼會！哪裡噁了！根本是舉世無雙的帥氣好不好！就算是說你自己，你再看輕自己的浴衣打扮我就不客氣了！」

「我是在說妳！除了噁爛還能怎麼形容妳啊！」

真是個該遭天譴的傢伙！管你的，我自己拍！

我從手提束口袋裡拿出手機，感覺圓香表姊似乎在我背後苦笑。

「結女妳根本沒資格說我嘛……」

「那麼，我們先去停車了。」

「你們要小心喔～！」

讓我們下車後，車子就載著媽媽與峰秋叔叔駛進了車位所剩無幾的停車場。

我重新環顧四周的狀況。

「人口密度完全不一樣……」

「就是啊——會把人嚇一跳呢。從那個極限村落開個幾十分鐘的車就有這種人潮。」

原本我就覺得，站前區域還滿有都會感的。

可以看到林立的商業大樓，路上行人也不少。但也沒到這種地步。

人行道上滿滿的都是人、人、人。

往同一個方向移動的人潮，連一條能鑽過去的空隙都沒有。

這麼多的人究竟是從哪裡冒出來的？

「因為這裡的祭典，在這附近地區算滿有名的啊。也有很多人會搭電車過來。當然沒有京都的祭典那麼熱鬧就是了。」

「記得好像會放煙火？祭典內容有那麼盛大嗎？」

「還挺有看頭的喔——？再加上辦廟會的神社保佑的運勢是那個嘛～」

「運勢？」

圓香表姊發出了別有深意的「咿嘻」笑聲。

「就、是、結、緣、啦♪」

「…………跟我沒有關係呢。」

「咦～？結緣又不是只限戀愛運～妳是想像到自己跟誰怎樣才說跟妳無關呢～？跟表姊說嘛說嘛～？」

「……嗚唔……」

越、越來越煩人了……

「咿嘻嘻！總之它就這樣，成了這附近少數的約會景點之一。反正也沒有規定一定要參拜，就正常逛逛廟會吧？」

說完，「來，竹真。」圓香表姊向竹真伸出手去。竹真乖乖地跟她牽手。

「要是走散了就麻煩了嘛？」

圓香表姊露出一絲笑容，瞥了我與水斗一眼。她在想什麼我清楚得很。

水斗輕嘆一口氣，說：

「我們年紀沒小到會走散啦。萬一真的走散就自己回——」

水斗話還沒說完，我已經抓住了他的左手。

水斗看看被抓住的手，又看看我的臉，說：

「……妳這什麼意思？」

「弟弟要是迷路就是姊姊的錯了。對吧，圓香表姊？」

「說得對極了！」

我與圓香表姊四目相接，一起竊竊偷笑。

在這點小事上爭輸贏的階段早就過去了喔，水斗同學？

水斗尷尬地把視線轉向他處，說：

「……知道了啦。牽著手走就行了吧。」

「好乖喔，你最聽話了。」

「閉嘴啦……」

我一邊忍不住吃吃偷笑，一邊跟水斗並肩往前走。
自從昨天在水斗面前大哭一場之後，感覺心情輕鬆多了。
或許可以說放下了多餘的包袱吧……覺得自己在跟水斗相處時，變得比以前更沒有心結了。
把前任這個屬性拿掉一看，這男的也不過是個好逗的溝通障礙者罷了。
我一面留意不要跟丟帶路的圓香表姊與竹真，一面小聲詢問身旁的水斗：
「你今天怎麼會一起來？你明明最討厭人擠人了。」
「誰都不會喜歡吧……每年圓香表姊都會強迫我跟來啦，我現在已經放棄抵抗了。」
「喔……」
本來想挖苦他說：「不是因為想看我穿浴衣啊？」但我把話吞了回去。
浴衣與夏日祭典。與這兩者相關的最後一段記憶，帶有苦澀的滋味。
國三那年的暑假。
由於我們在那之前吵了一架，把關係弄僵，難得放假卻什麼行程都沒規劃。
即使如此，我……仍然抱著一線希望，穿上浴衣，去了一場祭典。
就是那天的正好一年前，我跟這個男人初次約會的祭典。
說不定，他也會過來——然後找到我。我懷著這種一廂情願的期望。

結果再明白不過了。

直到祭典結束的那一刻，我都是孤獨一人。

這男的，一定全然不知情——那就是我關於浴衣與夏日祭典的，最後一段回憶。

那天的寂寞、不安、對結束的悲傷預感——即使眷戀之情能夠消化，只有那份傷痛，也許一生都無法治癒。

我們順著人潮走到像是神社參道的場所，看到燈火輝煌的夜攤已經一字排開。

章魚燒、棉花糖、整根醃漬小黃瓜、巧克力香蕉、什錦燒、整根醃漬小黃瓜、炒麵、唐揚雞、小黃瓜、小黃瓜、小黃瓜——

「怎麼那麼多家都賣小黃瓜？」

「不知道為什麼就是很多呢～每年都這樣。」

圓香表姊哈哈大笑著說。

不知為何，我看到很多攤販都把好幾根插著竹籤的小黃瓜排在平底竹筐裡賣。跟章魚燒或炒麵的攤販一樣多。這麼好賣？

「你們倆有沒有想吃什麼～？姑婆有給我錢，儘管花不用客氣～！」

「夜攤每次都貴得誇張……會讓我覺得還不如去超商。」

「不用擔心！這裡說來說去還是鄉下，沒那麼容易找到超商的啦！咿嘻嘻！」

所以妳也承認賣得很貴就對了……

好吧，其實這就跟咖啡廳的咖啡一樣，也包含了場地氣氛費。在夜攤買的章魚燒跟美食街的章魚燒，可能還是不能混為一談吧。

「不知道要買什麼的話，就去我熟人擺的攤怎麼樣？希望他今年也有賣。」

「咦？熟人？……圓香表姊，妳一年只會來一次對吧？並不是住在這附近對吧？」

「好好看清楚了，那才是真正的陽光陣營。」

「不要講得好像我是假貨好嗎？」

「我只是實話實說。」

「所以我才叫你不要講了啊！」

「一味掩蓋醜事是沒有用的。」

老娘就是要用這種戰術度過高中生活，怎樣！

在圓香表姊的帶路下，不久我們來到了一個攤販。

「嗨～！今年也出來擺攤啦～！」

「噢～圓香寶貝！還是一樣是個大美女呢！」

「咿嘻嘻～好說好說。」

……是個詭異的印度人。

是個日文破到讓人懷疑是不是故意的一個印度大叔。

不，也可能只是皮膚黑，不見得一定是印度人……只是因為他一邊跟圓香表姊說話，一邊攪拌著一鍋咖哩……

「這裡的坦都里咖哩烤雞很好吃喔。你們倆要不要？」

圓香表姊這麼說的時候，竹真伸出小手，把零錢拿給了神祕印度人。

「噢～竹真弟弟！謝謝你喔！我的咖哩比在印度吃更好吃喔～！」

怎麼會有這種把日本人的刻板印象實體化的印度人……我雖然這麼想，但竹真並不顯得特別畏縮，就收下了浸泡過咖哩的坦都里烤雞。看來已經習慣了。

「那既然有這機會……我要一份。」

「ＯＫ～！大叔，來兩份～！」

「馬上好～！」

雖然她擅自幫水斗買了一份，不過他本人沒說什麼，大概沒問題吧。

沒過多久，我們也都拿到了坦都里咖哩烤雞。

我小心不要讓浴衣沾到，咬了一口，烤雞的口感與香料的風味一起在嘴裡擴散。

「……啊，好好吃……」

「就說吧——！東西很好吃！只是言行很詭異！」

「不會詭異喔～！」

原來圓香表姊也覺得很詭異啊……

在我的旁邊，水斗一言不發地咀嚼坦都里烤雞。從表情完全看不出心思。

「好吃嗎？」

「……還好。」

「講話講清楚點啦。」

「………………」

他反而不作聲了。就這麼討厭照我說的做嗎？

「嗚哇！竹真，看你吃得滿嘴都是。不要動喔，我來幫你擦。」

「我、我自己……嗯唔！」

圓香表姊用面紙幫竹真擦嘴巴。竹真可能是覺得害臊吧，掙扎著動來動去。記得烤肉聚會的時候是我幫他擦的。

我正愣愣地看著時，圓香表姊很快地對我使了個眼神。

……啊！

我霍地轉頭，看到水斗的嘴角沾到了咖哩。

「水斗——」

「……………………」

我才剛一拿出面紙，水斗就用手指一抹，擦掉了臉頰上的咖哩。

唔嗚嗚，慢了一步！河邊那時候明明成功了的說！

「妳這是在玩什麼遊戲啊？」

「因為只要跟圓香表姊做一樣的事，我就是姊姊了啊。」

「是才怪。」

「就是！」

原本是獨生女的我，其實有點在摸索如何當兄弟姊妹。

但是現在可不同了。只要有圓香表姊這個典範在，我輕鬆就能做出姊姊該有的行動！

這麼一來，旁人自然就會認為我是姊姊。沒有學習典範的水斗可是辦不到的，呵呵呵……

「……咿嘻。原來是這樣啊——……」

離開了神祕印度人的攤販，我們沿著參道往前走。

人潮擁擠到無法自由行動，而且一直向前延伸到遠處。看不到隊伍的最前端。

「啊，竹真你看你看，有打靶喔。要不要玩——？」

被圓香表姊這樣問，竹真望向打靶攤販。他看到擺在後方架子上的獎品，「啊。」低呼

了一聲。

在應該是頭獎的最上排，放著一塊遊戲軟體。

……不過那種的，感覺都會做得讓人打不到就是了。

「我……我要玩……」

「很好——！跟姊姊一起以頭獎為目標吧！」

付了錢拿到槍後，竹真向前伸長上半身，把槍口對準遊戲軟體。

但槍身不安定地搖來搖去。看來是手臂缺乏肌力。

就在我心想那樣子絕對打不中時……

「啊——真是。來，要再拿穩一點才行啦——」

圓香表姊偷笑著從背後抱住竹真，托起他的手臂。

「姊、姊姊……我一個人，可以啦……」

「別客氣！來來，瞄準好了嗎——？」

……姊、姊弟的距離，都是那麼貼近的嗎？

像那樣，胸部整個都貼上去了，而且近到氣息都吹在耳朵上——啊，可是，也是喔，因為是姊弟，所以不可能會在意——

啵！竹真手上的槍射出了子彈。

但很遺憾地，子彈輕飄飄地往旁飛走，沒打中任何獎品就掉到地上了。

「啊——好可惜喔——」

「……嗚嗚……」

「嗯——這樣鎩羽而歸就沒意思了……所以換你了，水斗表弟！」

水斗忽然被指名，眉毛往上一揚。

「麻煩你幫竹真報仇嘍！結女也要去幫忙喔？因、為、是、姊、姊♪」

看到圓香表姊「咿嘻」發笑的表情，我知道我中計了。

圓、圓香表姊……是聽到我說拿她當典範，才會故意……！

「……好吧，就一次喔。」

水斗不曉得是不是沒發現，瞄了一眼表情很不甘心的竹真，竟跟打靶攤的老闆付了零錢。

水斗拿著槍，在攤子上探身向前。

我正僵在他背後時，圓香表姊迅速靠過來，在我耳邊呢喃：

「（這位姊姊～妳怎麼啦？得趕快去幫弟弟的忙啊～）」

「（不，可是，那是……！）」

「（咦～？奇怪嘍～？就、只、是、從背後抱住弟弟而已，結女妳究竟在介意什麼

啊～?）」

圓、圓香表姊……個性好惡劣！

我失去了退路，只好不情不願地靠近水斗的背後。

要是看起來沒事的話還可以找藉口說不需要幫忙，無奈終究是個缺乏運動的瘦皮猴，槍口晃動的程度跟竹真有得比。

這樣下去能替竹真報仇才怪。

沒、沒錯……我是為了竹真……

我下定決心，從水斗背後伸出了手，扶住他的手臂。

「咦……妳幹麼！」

「好、好了啦，不要看我！好好瞄準！」

我強迫想轉頭的水斗往前看。

同時，我輕輕地讓自己的手，貼在水斗從浴衣袖子伸出的手腕上。

……雖然很瘦，但筋絡突起……果然跟女生不一樣。

這男的，會不會也是同一種想法？

在碰到我的時候……會覺得，跟男生就是不一樣。

「會不會有點偏右邊？」

「沒有吧。」

「明明就偏了！」

「妳很囉唆耶。這樣總行了吧？」

「往左太多了啦！」

我們就這樣吵了一頓——總算是瞄準好了。

再來只要扣下扳機即可。

……本來是這樣的……

但我發現我撐著攤販櫃台的手臂，開始簌簌發抖了。

我極力不讓身體——特別是胸部碰到水斗的背，所以伸直了手臂撐著……但因為瞄準準星花了太多時間，我沒力氣了……

「好……」

水斗憋住呼吸，手指開始使力。

就在這個瞬間，我的手臂力氣終於瀕臨極限。

「啊！」

——我先把話說清楚。

我們在國中時期，的確已經像發情期的猴子一樣到處找機會接吻。這是事實。

但是，我發誓，接吻以上的事情——換句話說，就是……摸他，或是被他摸……那一類的事情，我們完全，完全，沒有做過任何一次！

我不禁手肘一彎，整個人往下跌——

——輕軟地，我的胸部，碰到了水斗的肩胛骨。

「！」

霎時間，水斗的身體震動了一下。

緊接著，子彈啵的一聲從槍口飛了出來。

比原本瞄準的位置往上飛太高的子彈，咻——描繪出平緩的山丘形拋物線。

「啊——」

圓香表姊在背後遺憾地叫道。

打、打歪了……是我害的……

但是，才剛這樣想沒多久……

碰咚一聲。

呈拋物線飛出的子彈，打中了位置比目標的遊戲軟體低一層的白兔動漫人物布偶。

咚的一聲，布偶從架子上掉下來了。

「哦！中獎了！」

打靶攤的老闆把布偶撿起來，「拿去！」跟水斗的槍做交換。

我們注視著這個有著運動少年氣質的兔子布偶老半天。

「……最後那個動作，妳故意的？」

水斗輕聲說道。

「怎、怎麼可能是故意的……！是因為手痠……」

「是喔。幸好我的繼姊妹不是女色狼，我放心了。」

「色……！你、你才是好不好，為什麼會有反應啦……！這點小事……東頭同學應該已經讓你習慣了吧……！」

「……妳跟那傢伙又不一樣。」

「欸？」

「東頭是想都沒想就靠上來，但妳會讓我感覺到妳的緊張。拜託妳鎮定點啦！」

「什……！你、你這樣講，豈不是好像我沒東頭同學習慣跟男生相處一樣！我看是你太敏感了吧，你這悶騷色狼！」

「好了好了，你們兩個。不要在攤販前面這樣，擋到別人了～」

圓香表姊推著我們的背，我們暫時離開參道。這裡形成了暗處，有好幾人蹲在地上吃章魚燒或炒麵。

我重新打量抱著兔子動漫人物布偶的水斗。

「一整個不搭……」

「不用特地講出來沒關係。妳就不能放在心裡不說嗎？」

「噗哧！也不錯啊？或許會給你增添點親和力。」

「我又不會拿著到處走！又不是心裡藏著陰暗面的蘿莉角色！」

我聽不太懂這個例子，總之不管怎樣，水斗跟布偶真的很不配。東頭同學要是看到水斗的房間裡有個這麼可愛的擺飾，大概也會說：「咦？營造反差萌嗎？會不會太耍心機了點？現在這種老哏已經過時了喔。」

正在這麼想的時候，我發現竹真目不轉睛地盯著水斗抱在懷裡的布偶。

對耶，好像是為了替竹真報仇才得到這個的？

可是，男生拿到這種可愛的布偶，會開心嗎……？

「嗯？」

水斗察覺到他的視線，瞇起眼睛重新看看布偶的臉。

「喔……是那個啊。」

然後低聲說了這句話後……

「嗯。」

就把布偶塞給了竹真。

竹真反射性地收下布偶，眨眨一雙大眼睛，抬頭看水斗的臉。

「啊……呃……」

「我不要，你拿去吧。」

聽到他粗魯地這樣說，竹真緊緊抱住了布偶。

「謝……謝謝……」

嗯——真配。

竹真長得可愛，所以拿起布偶非常搭調。

而且看到他嘴角帶點微笑，可見是真的很想要。

我偷偷問水斗：

「（你怎麼知道的？）」

「（那個布偶是電玩的角色。）」

「（咦？是這樣喔？）」

「（寶可夢。我有看過竹真在玩。）」

對耶……好像有看過。

我把視線從一臉開心的竹真身上，移向板著臉孔的繼弟。

「（想不到你還滿關心他的嘛。明明都沒跟他說話。）」

「（……我是怕照他那種個性，在生活中會遇到一些困難。）」

水斗並不怕生，但屬於無法融入團體的類型。

如同我對竹真產生親近感，這男的大概也有在關心竹真吧……

既然這樣，為什麼不多跟他講講話？

這傢伙要是知道竹真其實很尊敬他，不曉得會是什麼表情？

「（你連當哥哥都很笨呢。）」

「（什麼叫做「連」？我什麼時候耍笨過了？）」

「（這下更不能讓你當我哥哥了。）」

「（總比讓妳當姊姊好。）」

就愛耍嘴皮子。真希望他能稍微向竹真的老實個性看齊。

水斗不高興地用鼻子哼了一聲，我看著他的側臉，忍不住噗哧一笑。

「煙火大概幾點會放呢？」

後來，我們又被圓香表姊帶著逛了各個夜攤。

章魚燒以及棉花糖等食物類不用說，還玩了一下撈金魚，甚至把手塞進了自動手相占卜機這種一整個有鬼的機器裡。還胡扯什麼我的戀愛運勢大好，我看那台機器根本是破銅爛鐵。

儘管走得慢，但也慢慢接近了神社本殿，看來也可以參拜一下了——雖然我還是沒事情要請結緣神幫助就是了。反而還想揍祂一拳呢。

只是，看到人潮這麼洶湧，我怕不先占好位子會看不到完整的煙火，所以向圓香表姊問問看。

「嗯——記得是從八點吧。」

圓香表姊一邊小口舔棒棒糖一邊說：

「我有拜託他們占位子了，不用擔心啦。」

「拜託他們？」

「啊，叔叔他們在那邊。」

圓香表姊突然這麼說，於是我順著她的視線看去。

就看到在像是社務所的建築物前面，媽媽與峰秋叔叔，正在跟一位陌生的大人談話。

媽媽他們之前明明是說，要來場不受打擾的約會……

「他們在跟誰說話？」

「那個老奶奶啊，忘記是誰了耶——妳看嘛，我們家以前好歹是地方名士，所以大人之間有很多來往啦。」

那媽媽也許是在跟對方致意了？或者也可能只是湊巧遇到，就聊起來了。我是不是也該過去打招呼……？

「——啊，結女——！水斗——！」

媽媽注意到我們，揮了揮手。

我若無其事地放開跟水斗牽著的手。要是在媽媽他們面前繼續那樣，可能會惹來麻煩。

我們跟圓香表姊還有竹真一起走到媽媽他們那邊去之後……

「你們來得正好！祁答院女士，這是我女兒結女。」

「哎喲喲，真是位可愛的小姐。妳穿起浴衣來真好看。最近很少有這樣的年輕人了……」

「謝謝奶奶。我叫伊理戶結女……」

結果還是沒人跟我介紹她是哪裡來的什麼人，總之是一位舉止優雅的老奶奶。感覺有點像是上流人士。

「真羨慕妳，一看就知道不怕嫁不出去。不像我那孫女，都快三十了還在混日子……」

「不會啦——現在這個時代三十歲都還算年輕呢——！別擔心別擔心！」

圓香表姊剛才明明還說「忘記是誰了耶——」現在卻毫不畏縮地切入話題。講得好聽點是膽子大，講得難聽點就是粗神經。真希望她能把這種個性分一點給我。

「水斗也是，終於有了爸爸以外的家人呢。」

舉止優雅的老奶奶，帶著柔和的微笑注視我。

「雖然不是自家人的事，但聽夏目說了之後，我一直很擔心。妳換了生活環境應該也需要適應，但還是要麻煩妳多關懷水斗了。」

「……好的。」

我雖然點頭，卻感到有點突兀。

簡直好像水斗是個沒有別人支持，就活不下去的可憐生物。

我所知道的伊理戶水斗，雖然不跟他人往來，但卻屬於一個人能做好所有事情的類型。

我從來不覺得他這個人有哪裡可憐。

讓我越聽越迷糊，好像我們講的不是同一個人……

「我已經為種里家的各位，找好了可以清楚看見煙火的位置。我來帶各位過去。」

「謝謝您每年的照顧。」

「結女還有圓香你們呢？在放煙火之前還有一點時間——」

我有點猶豫不決，回頭看了一下背後。

這時，我才發現……

剛剛還在身邊的水斗，早在不知不覺間走遠……

迅速無聲地——彷彿消逝在人潮中一般，不見蹤影了。

「……啊……」

不是逃走。

不是與大家疏遠。

而是真的——消逝了。

看在我眼裡像是那樣。

彷彿從一開始就沒有這個人，水斗從世界上消失了。

「啊——……他又跑掉啦。」

圓香表姊比我晚注意到，眉毛困擾地下垂。

「不知道為什麼耶……水斗表弟每次到了快放煙火的時候，就會一個人跑得不見蹤影。」

就在這時。

這幾天來的事情，一口氣在我腦海裡復甦。

——第一天。

水斗離開宴會時，峰秋叔叔說了「謝謝」。

我現在懂了。那句話的意思一定是「謝謝你花時間陪大家」。

因為只有身為親生父親的叔叔，知道水斗待在那場宴會裡並不開心。

——第二天。

水斗從頭到尾，都不曾主動參加烤肉聚會。

而是一直沉浸在書中世界裡，連頭都不抬一下。

要等到我去煩他，才終於不情願地起身……

——第三天。

水斗看到我跟竹真講話，明顯地變得不高興起來。

就好像玩具被人搶走的小孩。

但是，他並不是排斥竹真。因為——

——今天。

水斗並沒有漠視這些親戚。

事實上，水斗很注意竹真，也很關心他。假如真的對他漠不關心，應該不會想到要把布偶送給他。

還有。我還能想到其他事情。

——母親節那天，他在親生母親的佛壇前露出的空洞表情。

——東頭同學最怕的，就是在水斗心中失去自己的地位。

——而水斗甩了東頭同學的理由是「座位已經滿了」。

然後……

——綾井。

……沒有……

——其實，我手機快沒電了。

假如那時候，他人在手機無法充電的地方……

我看了看手機。

8月12日，晚上7點26分。

沒錯。

沒錯，沒錯，沒錯。

我不知道。那時候的我不知道。

兩年前的我……

並不知道他會在這段時期回鄉下，前往當地的夏日祭典。

『我多麼希望妳能挽留我啊。』

在我們只是同班同學的時候……

在我是他女朋友的時候……

然後，自從成為了一家人。

從各種立場，看見的各種伊理戶水斗……

像是拼圖零片一樣拼接、相連——逐漸構成具有立體感的實像。

我本來並不知道。

只是成為戀人，不足以讓我知道。

一個人的存在方式，一定全都有它的既定形式。

他無從去改變。

一切都是自然發展。

旁人如此理解，如此要求，如此述說。

當事人也如此承認。

名為伊理戶水斗的一個人就完成了。
所以，那一定是一種抵抗。
是不肯認命的最後掙扎。
綾井結女這個依恃，當時對他來說，是唯一的武器。
用來對抗什麼？
這還用說嗎？

老天爺設下的陷阱，
換言之，就是命運。

「……我……」

所以。
和他一起，受到那個天敵擺弄至今的我，自然而然地說了：
「我去找他。」
聽到這句話，圓香表姊立刻「咿嘻」對我笑了一下。
「嗯。路上小心。」

當時的通話紀錄，還留在這個手機裡。

◆ 伊理戶水斗 ◆

從我懂事以來，就沒有過真實的感受。

做什麼都覺得事不關己。

看什麼都像是脫離現實。

別人稱為人生的東西，一切感覺起來，都像是顯示器裡的影像。

我並不是想演《人間失格》的主角。

只是，我無法產生共鳴。

當班上同學高興、難過或是生氣時，我無法感同身受。

大概是因為我知道吧。

真是太好了。

真是可憐。

知道對當事人說這些話，也只會帶來無限空虛。

因為，我已經聽過無數遍了。

——你能平安出生，真是太好了。

——你沒有媽媽，真是可憐。

反反覆覆——一再重複——簡直沒完沒了。

我不在乎。

我，是真的不在乎。

我只是正常地活著，正常地呼吸，為什麼就得讓人來稱讚我，或是可憐我？

我不懂。

因為不懂，所以在我的心中，有個空蕩蕩的大洞不斷擴大。

我所見聞的一切，全都無聲地穿過那個洞，不留一點痕跡……

其中……唯一能讓我感受真切的，是文字的世界。

初次讀到外曾祖父的《西伯利亞的舞姬》所帶來的衝擊，至今仍令我無法忘懷。

明明只是滿滿的白紙黑字，其中卻有著勝過任何電影巨作的彩色人生、情感與人性。

以往看什麼都無法產生共鳴的我，接觸到轉換為文字的世界，終於初次知道什麼才能填滿內心的空洞。

《舞姬》讓我知道人的脆弱。

《羅生門》讓我知道人的自私。

《山月記》讓我知道人的尊嚴。

而《心》讓我知道了人心。

現實與虛構的關係，早已互相顛倒。

因為對我而言，虛構的世界才是真實，現實的世界才是假象。

所以……與綾井結女的事，一開始也只是順其自然。

會主動跟她說話是一時興起。

開始在圖書室跟她見面後，感覺也一直像是隔著顯示器說話。

但是……對，關鍵應該就在初次約會，去逛夏日祭典的時候。

那個遲鈍的傢伙跟我走散、迷路，還在手機裡說起了喪氣話。

我打從心底——覺得火冒三丈。

天底下竟然有這麼弱小的人種。

這種沒有別人陪著，就好像連呼吸都不會了的人種。

我如果撇下她不管，她一定會在沒人知道的暗處，永遠哭泣下去吧。

唉——

——真是太可憐了。

那時，我才終於知道……別人對我的想法究竟是什麼意思。

綾井既遲鈍，又軟弱，沒有人陪就什麼都不會，這些我老早就知道了——但是，那都只是表面情報。

就像看小說的時候一樣——不，是更加強烈地，烙印在我的心裡。

那就是妳，綾井。

對我而言，只有妳，讓我有真實的感受。

我知道。那一定只是一時的迷惘，是大腦引發的錯覺。

如今一切都結束了，我很清楚事情就是這樣。

可是——

——不知為何，當時的感覺，仍然烙印在我的靈魂裡。

為什麼？明明只是回到原本的狀態。

為什麼？明明不會造成任何問題。

為什麼……

過去的戀情，不肯結束——

◆ 伊理戶結女 ◆

在偏離參道的地方，有一條細窄的岔路。

我不確定是不是這裡。

但是，受到直覺的催促，我穿過人潮，踏進了那條路。

就只是一條鋪設了最基本石板路的森林小徑。

我穿著穿不慣的草鞋走過這條路，看到一間較小的神社。

四下一片昏暗。

緣日的明亮燈光像是一場幻覺，狹窄的神社境內為黑暗所籠罩。雖然有老舊的固定式燈籠，但看起來像是長久無人使用。取而代之地，從空中射下的月光，照亮了籃球場大小的境內。

在貫穿境內中心的參道前方……

伊理戶水斗，就坐在通往拜殿的階梯中段位置。

水斗無所事事，恍神地仰望著夜空。

所以我用草鞋用力踩踏石板以主張自己的存在感，往他走去。

「你還真喜歡陰暗的地方耶。」

符合我現在的作風，講著滿嘴的酸言酸語。

「你是豆芽菜投胎轉世還是什麼嗎？難怪剛才拿玩具槍手臂都在抖。」

水斗的視線從夜空轉下來看我，眉毛微微皺起。

對，你得看我。

排斥我也好，討厭我也好。

因為我，已經不是你的女朋友了。

「……妳特地跑來酸我？來笑我是個連親戚都混不熟的邊緣人？」

「當然不是。這種事情我早就知道了，講出來只是浪費時間。」

「哼。」

一步，兩步，三步。

愈是靠近他，就愈能強烈鮮明地感受到他的呼氣、體味與體溫。

我不覺得他從他體弱多病的母親肚子裡平安出生，是一種奇蹟。

那只不過是努力的成果罷了。是伊理戶河奈女士努力奮鬥，把孩子生了下來。這傢伙不過就是出生了而已，沒有理由接受稱讚。

我不覺得不認識母親的存在，是值得同情的事。

的確，沒有父親的我或許很可憐。因為，我已經知道了。我已經知道一家人團圓的生活，有一天卻突然喪失了。而我……已經嘗過了那時的悲傷。

可是，從一開始就不知道又是另一回事。

他本來就不知道有母親的生活是怎麼回事，而不是後來才被剝奪。

既然如此，沒有母親所以很可憐，恐怕是一種價值觀的強迫接受。

如同對一個不知何謂戀愛的人，高高在上地說沒談過戀愛真是白活了一樣。

只不過是單方面地強迫對方接受自己的憐憫，因為他不知道自己知道的事物。

「真是太好了」或是「真是可憐」對他來說，全都事不關己。

全都不是從他內心湧起的情感。

假如人格也具有量子力學般的觀測者效應——假如他人的視線，能形塑一個人的人格——那麼被人套上的「沒有媽媽的可憐孩子」此一角色特質，必定也在他的內部，形成了巨大的虛無。

——只是……不知為何，我把它看完了。

——它是我有生以來，第一次靠自己的力量，看完的故事……

似乎有一位作家說過：「我認為小說的創作與閱讀，是對人生僅有一次的抗議。」

說得沒錯，大概真的是抗議。如同不善言辭的我，崇拜能夠口若懸河闡述推理過程的名偵探，他也是為了對被人擅自用虛無填滿的人生提出抗議，才會被自己以外的人生深深吸

引。

伊理戶水斗一無所有。

只是用從外界借來的東西，不斷地填補內心的空白。

從一開始就不知道，並不是需要同情的事。

他不悲傷，也不寂寞。

一無所有，也就不曾失去。

不過，他的確失去了一件事物。

那對他來說才是唯一的奇蹟，也是值得同情的部分。

因為……我說得對吧，水斗？

——理應已經失去的戀情（事物），現在就這樣站在你眼前。

「……兩年前……」

我走到坐在拜殿正前方的水斗身邊，說了。

「那次夏日祭典，是我們的初次約會對吧？我迷路了，打給你哭訴……」

「嗄……？」

水斗顯得困惑不解，但是，我再也不會害怕了。

「後來不知道過了幾天，你晚上突然打給我，對吧？」

一陣風吹過，樹葉摩擦的沙沙聲往四面擴散。

「我還記得。在你的聲音後方，傳來了樹木搖動的細微聲響……原來，就是這裡啊。」

那時候你也是這樣，在這無人經過的神社，形單影隻。

可是，就只有那一年……你，打給了我。

「你——」

我用兩年前做不到的方式，輕聲笑了一下。

「——那時是真的很喜歡我，對吧？」

一直到這一刻之前，我都以為是我向他告白。

但是……原來，是我想錯了。

因為，他在平常總是隻身獨處的時間與地點，只邀請了我一個人——如果這種行為稱不上告白，那什麼才叫告白？

水斗什麼話也沒說。

他板起臉孔把頭扭開，我當著他的面看一眼手機確認時間。

記得之前說是晚上八點？

我踏上水斗坐著的台階，在他身旁坐下。

相隔兩個拳頭的距離感。

這對現在的我們而言，是最恰當的距離。

「欸，還記得嗎？」

我一邊遠望滿天的星光，一邊開口。

「開始交往之後，第一次上學的那天。因為我會害羞，所以我們就各走各的，分開走進學校……假如那時我們倆豁出去了，一起進教室的話，事情會不會有所改變？」

「…………………」

他沒有回答。我繼續說：

「欸，還記得嗎？第一次在假日約會的時候，我穿著迷你裙對吧？本來還覺得你反應怎麼那麼平淡，呵呵，結果等到要說再見了，你才要求我在外面穿保守一點。我那時候心想，沒想到你有些地方還滿可愛的。」

「…………………」

「欸，還記得嗎？體育課踢足球時，你的運動表現真的慘到驚天動地的地步。我本來還滿心期待看到男朋友大展身手，結果你讓我好失望。不過也感覺與你更親近了就是。」

「…………………」

「欸，還記得嗎？期中考快到的時候，我們有一起念書對吧？一有機會就在卿卿我我，根本沒讀進腦子裡。我收藏你的橡皮擦，好像也就是在那個時期……」

「…………………」

回憶源源不絕。

不是別人強迫我們接受。

也不是向別人借來的。

是我們自己創造的回憶。

「記得好像是十一月？我感冒了，你來探病。現在回想起來，你只是想看我穿睡衣的模樣而已吧？真是有夠悶騷。」

「…………」

「期末考的時候，我們還試著一雪期中之恥呢。所以我們跑到有他人目光的圖書館念書……可是到最後，還是忍不住……我的天啊，我那時候腦袋真的不正常。雖然是個小孩子，但被人看到也太糗了……」

「…………」

「聖誕節的時候，我們像情侶一樣約會。可是到了緊要關頭，我又發揮了內向毛病，沒能把禮物送給你……你晚上來我家找我時……嗯，我真的很高興……」

「………………」

「記得應該是放春假的時候吧，你找我去你的房間。我可是緊張死了喔？可是，你卻一副淡定的態度……而且搞了半天，你根本什麼也沒做。明明就是為了那種目的才把我帶回家的。現在回想起來，真虧你能對那時候的我有那種興趣呢。雖然這樣說自己不太好，但完全就是幼兒體型耶？」

「………………」

「還有，我們一起逛過各家二手書店，教室座位相鄰的時候還偷偷傳過紙條。那個其實有點刺激，真的很好玩……」

「………………」

「欸。」

我向沉默不語的前男友問道。

「還記得，我們是什麼時候——第一次接吻嗎？」

我還記得。

還記得在染上夕陽色的上下學路線，心中滿是幸福感受的那一天。

從來不曾忘記。

我往旁邊看看。

水斗用迷茫的眼眸，仰望著夜空。

他的嘴唇——微微張開……

「…………十月的……二十七日。」

宛如投向星空那般，輕呼了一口氣。

「從開始交往算起……正好滿兩個月的時候。」

「你果然還記得。」

「妳早就知道了？」

「因為你在河邊，不是把我的手機解鎖了嗎？」

「……勸妳還是別拿日期當密碼比較好。」

「還好意思講。你那麼快就輸入了『１０２７』，我看是因為你自己也用過吧？」

水斗行使了緘默權。而這種沉默，其實已經代替了回答。

「對，剛好滿兩個月。我那時覺得錯過這次機會，好像就得等到滿三個月了，心裡有點著急。」

「我還以為妳是輕信了哪個雜誌或網站的可疑資訊咧。」

「嗚……是、是啦，我有看一下當作參考。純粹只是參考。」

「不過，反正照妳的個性，不看那種教戰手冊，可能一輩子都做不出那種大膽舉動

吧。」

「真是抱歉喔，我就是只會一個指令一個動作！你就不能稱讚一下女朋友無私奉獻的努力嗎！」

「好啦很棒很棒。接吻時的表情一定也經過一番苦練吧。」

「你……你怎麼知道的……？」

「一看就知道了啦。就憑妳怎麼可能第一次表情就那麼美。」

「真沒禮貌！我偶爾也能在臨場發揮時有好表現啦！」

「那種的大多都是有我幫妳好嗎？」

「啊——真會邀功。默默付出才叫好男人，懂不懂啊？」

「現在再來跟妳裝男子氣概對我有什麼好處？」

「這倒也是，一點好處都沒有。反正也沒辦法幻滅更多了。」

「妳把我要說的話搶走了。」

沒有語塞，沒有中斷，滔滔不絕地一句接一句。

講的是我們的，只屬於我們的，不是任何人強迫我們接受的話語。

「我必須反駁妳的說法。妳第一次穿迷你裙來約會的時候……」

「喔，就是你暴露出難看獨占欲的那次啊。」

「我就是要講這個！那只是因為妳穿迷你裙不好看——」

「啊——是是是。跑來我家看我穿睡衣的人好會講喔～」

「不是，那次我只是盡個男朋友的義務去探病……」

「哦？那我現在穿睡衣走動的時候，怎麼還會感覺到視線呢？」

「這就真的只是妳自我意識過剩好嗎！」

「啊，你說『這就』！你說了『這就』！就知道你那時候果然是想看我穿睡衣，你這悶騷色狼！」

「誰跟妳……！」

「唉——有個沒用的男朋友真的好辛苦喔。而且都怪你悶騷又沒膽，害我錯過了初體驗的機會。」

「……在那種雙方緊張僵硬的狀態下做，也只會失敗啦。」

「啊……！你竟然說出口了！把不能說的話說出口了！」

就只是毫無營養的對話。

像是同班同學會聊的那種。

家人之間在客廳會聊的那種。

可是，我們到底花了多少時間，才終於走到這一步？

他到底花了多少時間？

「欸。」

「幹麼？」

「你為什麼會讓我當你女朋友？」

我把兩年來問不出口的問題，丟進了對話的空檔裡。

水斗花時間想了一想，說：

「我想就算不是妳，大概也沒差吧。」

「你說什麼？」

「這種的說穿了就是機緣，只不過是巧合，不是嗎？假如我先遇到的是東頭而不是妳……我大概就不會跟妳交往了。」

「……也是。」

因為，沒有這個必要。

如果他已經有了東頭同學，他們之間根本沒有我能介入的餘地。

「可是，現實情況是——我遇見的，是妳。」

水斗語氣明確地告訴我。

「就是單純的搶椅子遊戲，先搶先贏的原則。要找理由的話，大概也就是這樣了……滿意了嗎？」

「……嗯。」

搶椅子遊戲，先搶先贏。

只是因為我比較早遇見他。

沒問題，這樣很好。

因為——這大概就是人們所說的命中注定。

「時間差不多了呢。」

「嗯？」

「久違了兩年的夙願，不是嗎？」

而對我來說，是久違了一年。

去年暑假，我抓著樂觀的一線希望不放，但他沒出現在我的身邊。

四月在水族館約會走散的時候，也是他找到了我。

可是，今天——換我找到他了。

誰都不會對此提出質疑。

也就是伊理戶結女，事實上已經超越了綾井結女。

晚上八點整。

行程沒有延誤。

夜空的中央，綻放出五光十色的花朵。

低沉的「咚」一聲，震撼了全身上下。

我與水斗，在色彩繽紛的光輝照耀下，染上了豐富的色彩。

接連著爆炸的煙火，有著超乎想像的魄力。

原來如此，看來這間老舊神社，是只有水斗知道的好位置。

明明知道能看見最美麗煙火的位置，卻從不告訴別人，每年獨自眺望這壯闊絢麗的天空。

不過——啊，這下你慘了吧。

從今年起，這裡不再被你獨占了。

「總算——可以兩個人一起看了，對吧？」

對著被繽紛光彩照亮的側臉，我調皮地講給他聽。

真的，真的有夠難懂。

麻煩、難搞又固執。

必須由我來推測他的想法，否則什麼都不會知道。既不寫在臉上，也不用言語表達。真的，實在不敢相信這種人居然有過女朋友。

維持不久是應該的。

一年半都已經算長久了。

除非成為一家人——否則實在沒辦法，繼續在這男的身邊待下去。

「……是啊……」

可是，多虧於此。

讓我能夠看到，自從認識這男的以來，從來不曾目睹的神情。

「……是啊……」

呻吟般的聲音，被煙火的爆炸聲淹沒。

同樣地，煙火的閃光，強烈鮮明地，塗白了境內的黑暗，與他的表情。

所以——不在這裡，就不可能知道。

必須一起待在這裡。

隔開兩個拳頭的距離，坐在身旁。

必須在這個，能在極近距離內看見他側臉的位置——

——才會注意到，滑過水斗臉頰的水滴。

啊，我想起來了。

我不知有多少次，在他面前說過喪氣話，丟臉難看地哭過。

相較之下，我可曾看過任何一次，他哭泣的表情？

所以，造訪我內心的，是一種新鮮的心情。

並沒有小鹿亂撞的胸中悸動。

也沒有溫柔的幸福感受從心底湧起。

沒有緊張得渾身緊繃，也沒有面紅耳赤，心情平靜如常。

就好像得到一個擁抱，一股暖流在全身上下流轉。

在沉靜的心情中，慾望蠢蠢欲動。

對，這是慾望。是人類的本能。

所以——我必須做確認。

煙火並沒有施放很久。

點綴夜空的光彩消失，黑暗重回境內。

習慣了光輝的眼睛讓黑暗更顯深邃，連近在身邊的他的輪廓都變得朦朧。

所以，不像**上次**，我直接說出口：

「欸……你看我這邊。」

「嗯？」

他的頭部輪廓轉動了。

啊——怎麼可以這麼缺乏防備呢？

這樣疏忽大意……就算被人一口吃掉，也怨不得人對吧？

我用雙手，固定住水斗的頭。

「！妳這——」

我不會讓你繼續講下去。

不要緊。

即使身處黑暗，你的嘴唇的位置，我一樣熟悉。

令人懷念的觸感，在我的唇上復甦。

臉稍稍往右偏。

我不會再笨拙到讓牙齒相撞。

每三秒一次的換氣，這次也不用了。
因為，我不想讓你逃走。
四秒——取回失去的時光。
五秒——從一年前不再聯絡，直到現在。
六秒——八月、九月、十月。
七秒——生日、聖誕節、新年。
八秒——情人節、白色情人節、畢業典禮。
九秒——我們竟成了繼兄弟姊妹。
十秒——明明已經分手，卻仍為你意亂情迷。
我緩緩鬆開嘴唇。
本來該有的時光，已經完全填滿。
我趕上了現在——
——然而胸中的心跳，卻安穩平靜。
慾望，已充分得到了滿足。

那段期間得不到的滿足，完全討回來了。

胸中悶燒的眷戀……已經不復存在。

眼睛習慣了黑暗。

我在極近距離內，看見了水斗驚訝僵住的神情。

對。儘管驚訝、困惑、抱頭苦思吧。

這對你來說，也許還只是眷戀。

還只是過去的戀情。

目前這樣也行。你就跟過去戲耍個高興吧。

但是。

無論你再怎麼喜歡綾井結女——

——伊理戶結女（本小姐），都絕對會把你追到手。

這個吻是正式聲明。

不是作為綾井結女，是以伊理戶結女的身分。

我人生中的第二次初吻，向你宣戰。

你甩掉東頭同學時說的，你心中的那個單人座——

——我宣布，一定會把坐在那裡的女人踢下來。

我輕聲笑了笑之後，丟下僵在原地的水斗，從台階上站起來。

然後，眼睛望向至今背對的神社。

真沒想到，我居然會兩度喜歡上同一個男人。

這也是老天爺的陷阱——也就是命運嗎？

可惡的老天爺。

……只有現在這一刻，我有點感謝祢。

「我們回去吧，水斗。」

我朝著坐著不動的水斗伸出手，他眨眨眼睛，輕輕摸了摸自己的嘴唇。

「咦？不是……」

「快點！媽媽他們會擔心我們的！」

我牽起還在磨菇的水斗的手，硬是讓他站起來。

這時，我好像聽到後面的草叢沙沙地搖了一下……但我現在一心只想拉著難得神色狼狽的水斗往前走。

「啊——！他們倆都回來了——！」

我們回到最後跟大家分頭行動的社務所，看到圓香表姊在等我們。

在她背後還能看到竹真的身影……？不知道是怎麼了，他的浴衣衣襬黏著葉子。

「啊～太好了～……正在擔心要是連你們倆都迷路了，該怎麼辦呢。」

「咦？我們倆都……什麼意思？」

「其實剛才竹真也迷路了——好痛！」

竹真捶打著圓香表姊的背，像是在抗議什麼。真罕見，那麼乖巧的竹真居然會訴諸暴力。圓香表姊也困惑地說：「幹麼？怎麼了竹真？」

圓香表姊雖然顯得不太明白，但快快把我跟水斗各看了一眼後，速速湊到我耳朵旁邊說：

「（該不會是成功了吧？）」

「（……我想至少已經踏出第一步了。）」

「（哦哦！真有妳的！有任何問題隨時可以聯絡我喔！我會為妳加油——）」

就在這時，竹真踹了圓香表姊的小腿一腳。

「好痛！你……幹麼啊，怎麼了啦竹真！叛逆期到了？」

竹真瞥了我跟水斗一眼，就抿起嘴唇低下頭去。
他是怎麼了……？是遇到什麼不開心的事了嗎？
看到弟弟的這種態度，「啊。」圓香表姊張嘴叫了一聲。
「咦……？真假？是那麼回事？」
竹真繼續低著頭，開始用浴衣袖子用力擦眼睛。
「啊，啊～……這該怎麼說好呢？只能說節哀了……」
不愧是做姊姊的，似乎是看出竹真的奇特舉動的原因了。
圓香表姊緊緊抱住弟弟的身體，然後像哄小嬰兒那樣，輕輕拍他的背。
「沒事的～竹真，這種經驗會讓你變成更好的男生。就不用像我男朋友那樣變成個窩囊廢嘍！」
圓香表姊有耐心地，安撫靜靜地哭泣不止的竹真。
我偷偷向身旁的水斗問道：
「（欸，發生了什麼事？為什麼竹真在哭？）」
「（不曉得耶……？）」
看來我們遠遠比不上真正的姊弟。
不過嘛，對現在的我來說，這樣反而更好。

◆

道別的方式很簡潔。

「再～見～！以後再一起玩喔～！來，竹真也來說再見。」

「…………………」

「你要鬧脾氣到什麼時候啦。現在不好好說再見，說不定以後就不好意思聯絡嘍？」

在種里家大宅門口坐車之前，竹真被姊姊在背後推著，怯怯地來到我的面前。

然後他抬頭偷看一眼我的臉，又迅速別開目光，就這樣重複了好幾遍……

「那、那個……」

「嗯，什麼事？」

「……我……我有事的話，可以，找妳……商量嗎……？」

我想起我跟他說過，我們都會怕生，有煩惱可以找我傾訴。

我毫不猶豫地露出笑容，說了：

「當然可以。隨時等你聯絡喔。」

竹真一聽，不知是不是緊張的關係，漲紅了臉說：

「謝……謝謝妳！」

他罕見地大聲說完後鞠一個躬，就回去圓香表姊的身邊了。

「喔──勇氣可嘉……不過，沒譜卻繼續糾結下去會很痛苦喔……？」

「……嗚嗚……」

「啊，抱歉抱歉！忘了你傷口還沒癒合！暫時不逗你了！」

姊弟倆就這樣吵吵鬧鬧地上了車，開去車站了……

於是我們也去給種里家的祖先掃墓，然後跟種里家大宅告別。

「真的很謝謝妳喔，結女。水斗就請妳多關心了。」

道別之際，夏目婆婆面帶微笑這麼說，我也回以微笑。

「他那個人其實意外地堅強，沒有我陪著也不要緊的。」

「嗯嗯？是這樣嗎？」

「不過，我還是答應您……因為他好像意外地怕寂寞。」

後半段我小聲地說以免被水斗聽見，夏目婆婆聽了微微一笑。

「那我就放心啦。」

然後我走到車子旁邊，在那裡等我的水斗一臉詫異地問我：

「妳跟奶奶在講什麼？」

「你猜呢？」

我「嗯～？」地一邊湊過去看水斗的臉一邊問，他後仰著倒退一步。

「妳……有點奇怪耶。」

「沒有啊。是你的資訊過時了吧？」

「什麼？」

這時，峰秋叔叔從車上出聲說：

「該走嘍——！」

「來了——」我一邊回答，一邊伸手去開車門。

打開車門之前，我轉過頭去。

轉向前男友、繼兄弟——我喜歡的人。

笑容中帶著滿滿的戲謔。

「不用擔心，我們還是繼兄弟姊妹啦，水斗同學。」

「……這還用說嗎？結女同學。」

往日一去不復返。

當時的幸福，再也不會回來。

但是，還是可以重新織寫。

要舉例的話——沒錯。

續集，確定即將開拍。

詳細內容請期待後續報導。

◆　東頭伊佐奈　◆

回到客廳時，只剩水斗同學在沙發上發出細微鼾聲。

奇怪？我疑惑不解。

今天我來到水斗同學的家，跟他一起看電影──「你的名字」。

看完了之後，水斗同學倒頭就睡，但如果我記得沒錯，水斗同學剛才應該是枕著結女同學的大腿睡覺……

怪了，在我去廁所的時候，結女同學跑去哪裡了？

我一邊疑惑不解，一邊走到沙發旁邊，低頭看著睡得香甜的水斗同學。

這種場面，不免讓人聯想到《白雪公主》呢。

中毒倒下的白雪公主，得到王子殿下的一吻而復活……

嗯──也就是說──

我現在如果吻了水斗同學，他也會立刻醒來嗎？

剛才在結女同學的警告下，我罷手了。

可是，結女同學現在也不見了。沒人幫我踩煞車。

……這樣不行喔，水斗同學。怎麼可以這麼缺乏防備呢？

這樣疏忽大意……就算被人一口吃掉，也怪不得別人吧？

該不會是在誘惑我吧。因為是你甩了我，不好意思主動開口，於是就用間接性的方式叫我出手嗎？

哎，這當然只是藉口。是我克制不住慾望的藉口……

因為，看到他這樣，誰能把持得住？

水斗同學有著兩瓣薄唇，看起來好柔軟，跟女生一樣漂亮——

不管我再怎麼跟自己說不可以，臉孔仍然抵抗不了那股吸引力——

薄細的呼氣，落在我的嘴唇上。

心臟撲通撲通直跳，好像隨時會爆開。

這說不定比告白的時候還要緊張。

請你稱讚我，水斗同學。

我會克制住不伸舌頭的，請你稱讚我。

還有，求求你。

再一秒就好，請先不要醒來——

——就這樣，我把這輩子的第一個吻……

「最好是啦——！」

我猛地害臊起來，刪掉了輸入平板電腦的文章。

「呼哈——」我一邊喘口氣，一邊抬頭仰望自己房間的天花板。

唔嗯嗯……寫真人同人，而且還是朋友的夢小說實在太害羞了。本來是預定在這之後，要寫一段香豔刺激的限制級場面的說……

由於那天的「說不定本來可以得逞」到現在還讓我遺憾不已，所以才想到可以寫成小說看看。結果似乎是碰不得的禁招。

沒錯。想笑我窩囊就笑吧。

的確，我那天趁著結女同學不在的時候，又回到了客廳。

但是，當我想湊過去親吻沉睡中的水斗同學的嘴時，我心想：「不行，我辦不到。」就果斷地收手了。

但那可是我這輩子第一次——說不定是最後一次——接吻的機會！

……可是，對一個睡著的人這樣做還是不應該。對啊，完全就是犯罪。

「……唉……」

真希望水斗同學，可以快點從鄉下回來——

想見你想到身體顫抖……啊，講這種話會被關注者說「暴露年齡」的。才不會暴露！要怪就得怪上個世代的中年大叔們整天在網路上用這個老哏！

「……水斗同學……」

我緊緊抱住抱枕，滾倒在床上。

水斗同學，我的朋友。

一想到你就讓我心情雀躍。明天要聊些什麼好呢？那本書你看了嗎？那個故事你喜歡嗎？

這種心情，我想的確是戀愛沒錯。

可是，奇怪的是，比起結女同學還有南同學幫助我一起努力的那段時期，如今我不覺得女朋友這個頭銜有多吸引我。

不覺得朋友與情侶，其實沒差多少嗎？

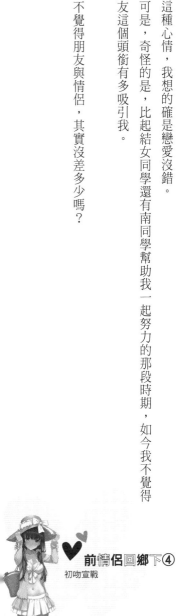

朋友也可以在一起，可以一起玩，既快樂，又開心。

也不像情侶會分手，要講缺點的話頂多就是不能做色色的事。有些人甚至連色色的事都照做不誤。

我發現了一件事。

雖然對結女同學還有南同學過意不去……但比起努力成為水斗同學女朋友的那段時期，我覺得現在這樣更快樂。

因為想成為他的女朋友，必須被他喜歡才行。

必須做表面工夫，粉飾自我，讓自己看起來像個更好的人。

那樣會很累。

就這點而論，我現在可輕鬆了！

待在一起不會緊張，化妝小失敗也不用擔心！

我知道水斗同學沒有那個意思，所以也不需要在意性別差異！

不只如此——我還是可以繼續喜歡他。

也沒有總有一天必須告白的壓力，可以永遠單戀下去。

只要能夠永遠單戀他，即使不能兩情相悅我也不在乎。

因為，這樣真的很開心。

可以做各種妄想，偷看他的側臉，或是在冷不防的距離拉近下心跳加速。

用失戀話題開他玩笑，他還會稍微狼狽一下。

就像這樣，我的天菜會無限供給萌點耶？想也知道一定開心的啊！

我這樣，應該不算失戀。

我沒有失去我的戀情。

大概這種單戀，才是最適合我的戀愛形式。

啊——我真是最幸福的現充。

神啊，求求祢。

如果可以，請讓我跟水斗同學，做一輩子的朋友。

水斗同學交到女朋友也完全無所謂。

有了心儀對象的水斗同學，一定也會神聖到讓人想膜拜。

所以——神啊。

請讓我的單戀，永遠不結束。

後記

這次沒有什麼可以裝懂的事情或是與正篇相關的個人小故事（最多就是水斗的外曾祖父曾被拘留在西伯利亞當通譯的設定，是來自於我自己的祖父），所以打算來認真地聊聊這集的內容。還沒看完正篇的人請趕快迴避。

戀愛喜劇這個類別幾乎可說無一例外，都有女主角發現自己喜歡主角的情節。例如在遇到某種危機時得到幫助、在兩人獨處的過程中察覺到他的好，不然就是反過來見不到面或是鬧翻使得對他的感情更加明顯；情節可以變化無窮，但共通點都是「察覺到主角的好」。

話說回來。

我想各位已經發現了。對，水斗有哪裡好，結女早在一開始就清楚得很。不管我多努力寫出水斗的帥氣之處，那些對她來說，都可以算是某種「司空見慣」的事。那這下該怎麼辦呢？在維持著開始交織的家庭情誼之下，如何才能讓結女再度喜歡上水斗——

答案就寫在正篇裡。

故事要表達的就是，一個人並不會只愛上別人帥氣的地方。

人的個性當中，自我評價這個部分最會受到社會地位的強烈影響，那麼一個人最初置身的社會——親戚關係的影響就絕不可小覷。

一個人就像積雪，起初很容易留下腳印，但慢慢地會被踏得密實，最後變得一片平坦滑溜。高中時期大概屬於將要變得平坦滑溜的前一個階段，處在容易受到影響的部分與固執己見的部分並存的狀態。明明動輒受到旁人影響，卻又無法輕易改變自己。這段囉嗦又麻煩透頂的時期，有些人也許會稱之為青春——罷了罷了，這點就先擱置不論吧。

接下來是宣傳的部分。

去年２０２０年3月25日，ＭＦ文庫Ｊ推出了我的新作：

《転生ごときで逃げられるとでも、兄さん？》

應該順利上市了吧——大概。只要能通過ＫＡＤＯＫＡＷＡ的文字審查的話。

一樣是扭曲的戀愛故事，也一樣是兄弟姊妹的故事。書中會出現一個愛情有點太深的妹妹。有點啦，一點點而已。大概就比國中時期的南曉月多一億倍。

我推薦大家先看《転生ごときで～》再回來看《繼母的拖油瓶是我的前女友》。我想大家會更深切地感受到水斗與結女的故事有多可貴。真的，會覺得幸福到不行。所以看個一次就好，好嗎？看個一次不會怎樣的。

啊，還有，本作已經建立官方推特帳號（@tsurekano）了。

我有在考慮上傳極短篇，還請各位務必追蹤。

插畫家たかやKi老師、漫畫版作者草壁レイ老師、責任編輯、書籍設計師、校正人員、書店店員，還有各位讀者——以及與系列相關的其他所有人士，我衷心感謝各位。

第一階段就在這第四集結束。我說過不會搞女主角正選爭奪賽對吧？那是騙你們的。

附帶一提，競爭對手似乎是過去的自己。你問東頭伊佐奈？那傢伙正躺在賽道旁邊看輕小說啦。

以上就是紙城境介為您獻上的《繼母的拖油瓶是我的前女友4　初吻宣戰》。暑假怎麼還沒結束？

刮掉鬍子的我與撿到的女高中生 Each Stories

Kadokawa Fantastic Novels

作者：しめさば　插畫：ぶーた

「沙優，話說妳果然很會做菜耶。」
「啊，是……是嗎？」

從荷包蛋的吃法，吉田和沙優窺見了彼此不認識的一面；要跟意中人去看電影，三島打扮起來也特別有勁；神田忽然邀吉田到遊樂園約會……這是蹺家ＪＫ與上班族吉田的溫馨生活，以及圍繞在兩人身邊的「她們」各於日常中寫下的一頁。

NT$220/HK$73

我依然心繫於你 1~2 待續

Kadokawa Fantastic Novels

作者：あまさきみりと　插畫：フライ

遺憾而美麗，苦澀又甜蜜──
獻給大人的青春故事。

能和喜歡的人永遠在一起。從尼特族轉為獨立公司代表人的修和青梅竹馬兼戀人的歌手鞘音預計參加有這麼一個傳說的雪燈祭。負責策劃這個慶典的三雲小姐曾是相信這個傳說的其中一人……一行人演奏的音樂再次引發奇蹟，編織出各式各樣的情感──

各 **NT$200~220/HK$67~73**

六號月台迎來春天，而妳將在今天離去。

Kadokawa Fantastic Novels

作者：大澤 めぐみ　插畫：もりちか

為什麼非要等到一切都太遲時，
才能說出最重要的那句話？

茫然憧憬著都會生活的優等生香衣、「理應是」香衣男朋友的隆生、學校裡唯一的不良少年龍輝、為了掩飾祕密而扮演香衣摯友的芹香。四人懷有自卑感、憧憬、情愫和悔恨。在那個車站，心意互相交錯，但人生中僅有一次的高中時光仍持續流逝……

NT$220/HK$75

一房兩廳三人行 1 待續

Kadokawa Fantastic Novels

作者：福山陽士　插畫：シソ

單身上班族奇妙的同居生活突然展開。
與兩名JK共譜溫馨的居家戀愛喜劇。

由於父親託付，單身上班族駒村必須暫時照顧過去關係疏遠的表妹——打扮時髦的女高中生奏音。為生活急遽改變傷腦筋的駒村在下班途中遇見了離家出走而無處可去的女高中生陽葵，沒想到她竟然也硬是住進了駒村家中——

NT$220/HK$73

歡迎來到實力至上主義的教室 二年級篇 1～2 待續

Kadokawa Fantastic Novels

作者：衣笠彰梧　插畫：トモセシュンサク

牽涉所有年級的無人島野外求生考試，
其前哨戰——獲得人才之戰開打！

綾小路避開了一年級新生設下的圈套，然而數學考試拿滿分帶來的影響逐漸擴大……眾多變化之下，學校宣布於暑假舉行全年級競爭的無人島野外求生考試。比賽為團體賽，作為前哨戰，學校允許在登島前組隊，於是展開了牽涉所有年級的搶奪人才大賽！

各 **NT$240/HK$80**

國家圖書館出版品預行編目(CIP)資料

繼母的拖油瓶是我的前女友. 4, 初吻宣戰/紙城境介作；可倫譯. -- 初版. -- 臺北市：臺灣角川股份有限公司, 2021.10

面；　公分. -- (Kadokawa fantastic novels)

譯自：継母の連れ子が元カノだった. 4, ファースト.キスが布告する

ISBN 978-986-524-890-1(平裝)

861.57　　110013845

Kadokawa
Fantastic
Novels

繼母的拖油瓶是我的前女友 4
初吻宣戰

（原著名：継母の連れ子が元カノだった 4 ファースト·キスが布告する）

2021年10月6日 初版第1刷發行
2022年8月25日 初版第3刷發行

作　者：紙城境介
插　畫：たかやKi
譯　者：可倫

發行人：岩崎剛人
總編輯：蔡佩芬
編　輯：邱璨萱
美術設計：宋芳茹
印　務：李明修（主任）、張加恩（主任）、張凱棋

發行所：台灣角川股份有限公司
地　址：104台北市中山區松江路223號3樓
電　話：（02）2515-3000
傳　真：（02）2515-0033
網　址：www.kadokawa.com.tw
劃撥帳戶：台灣角川股份有限公司
劃撥帳號：19487412
法律顧問：有澤法律事務所
製　版：巨茂科技印刷有限公司
ISBN：978-986-524-890-1